DEBAIXO DO MESMO CÉU

PODER

DEBAIXO DO MESMO CÉU

André Diniz e Luiza Leite
(org.)

EDITORA

SUMÁRIO

APRESENTAÇÃO

LUIZA LEITE

LUIZA LEITE é tradutora e revisora. Mora em Niterói e publicou seu primeiro conto em 2008 no VII Concurso Municipal de Conto de Niterói. Escreve no blog leialuiza.wordpress.com e reúne coragem para publicar seu livro de poemas.

Crônicas do cotidiano e memórias de um Rio de outrora, relatos futuristas e causos sobrenaturais, sonhos aprisionados ou roubados, mergulhos em universos particulares, o amor em todas as suas faces — até mesmo a mais cruel. As histórias aqui reunidas estão repletas desses e outros temas em vozes tão diversas, de autores veteranos e estreantes, que parecem o zumzum de uma multidão — ou de um bloco de carnaval? Mas quando paramos para ouvir essas narrativas por vezes cômicas, por vezes trágicas, quase sempre fantásticas, um elemento comum se destaca: um certo ar de alheamento, como se cada personagem habitasse seu próprio universo, sua própria bolha — embora estejam todos debaixo do mesmo céu.

Quando fui convidada pelo André Diniz para reunir estes textos e organizá-los em uma antologia, foi como juntar várias peças de diferentes quebra-cabeças e descobrir que todas se encaixavam e formavam uma imagem fantástica. Ao retomar o projeto três anos depois, sinto que perdi algumas peças pelo caminho e a conexão maravilhosa que encontrei da primeira vez não se reconstituiu da mesma forma. Mas ela ainda está ali, e espero que vocês, leitores, a encontrem.

UM MÉDIUM NO CARNAVAL

LUIZ ANTONIO SIMAS

LUIZ ANTONIO SIMAS é professor, escritor, historiador. e compositor É autor e coautor de mais de vinte livros. Ganhou o Prêmio Jabuti de Livro de não ficção do ano de 2016 pelo *Dicionário da História Social do Samba*, escrito em parceria com Nei Lopes.

Em Nova Iguaçu, no Lins e em Laranjeiras, todo mundo sabia que o Manoelzinho Mota era dotado de impressionante mediunidade. A fama cresceu na ocasião em que o cabra recebeu o espírito de um profeta de pedra sabão do Aleijadinho — Jeremias — quando foi flagrado por sua senhora, Dona Alcione, em trajes sumários, no lupanar de Consuelo "La Índia" Paraguaia.

Acontece que a mediunidade do cabra, depois da primeira manifestação, não parou mais. Manoelzinho virou cavalo de mais de cinquenta entidades, de todos os tipos e linhas. O que mais impressiona, do ponto de vista estritamente espiritual, é entender como as entidades chegavam nele em momentos decisivos.

Houve uma ocasião em que Dona Alcione convenceu o Manoelzinho a passar o carnaval fora do Rio de Janeiro. O destino era Araruama, a modesta casinha de praia da Dona Saquarema Marta, que gentilmente convidou as amigas do Lins de Vasconcelos e adjacências para curtir um solzinho e fazer torneios de buraco, com comes e bebes, durante o tríduo momesco.

Há que se ressaltar, em nome da veracidade do relato, que a casa de praia de Dona Saquarema não era exatamente próxima à orla de Araruama. Ficava num loteamento um pouco distante — coisa de uns quarenta minutos caminhando sem pressa. O Manoelzinho, que nunca discordava da Dona Alcione, aceitou o convite e mostrou-se entusiasmado com a programação.

Meu avô, amigo do sujeito, não entendeu picas. O Manoelzinho era folião lendário, sócio remido do Bola Preta, compadre do Tião Maria Carpinteiro — o fundador do Bafo da Onça —, ativo participante do Berro da Paulistinha e organizador, ao lado do zagueiro Moisés Xerife, do Bloco das Piranhas de Madureira. Como se não bastasse, fechava a quarta-feira de cinzas brigando com a polícia durante o desfile do Chave de Ouro.

Uma emocionada Dona Alcione ouviu o marido argumentar a favor da ideia de que, numa relação de companheirismo, era necessário abrir mão de algumas coisas em nome de outras mais importantes. Em tom de discurso, Manoelzinho encerrou o assunto em grande estilo e levou a mulher às lagrimas:

— Alcione significa mais para mim do que qualquer carnaval. Parto feliz para o melhor carnaval da minha vida!

Acontece que é difícil controlar algumas espiritualidades mais fortes. Na hora da partida, com as malas devidamente preparadas, o Caladril, a Minâncora, o sal de frutas Eno e o Colobiasol formando a linha de frente da sacolinha de remédios, o Manoelzinho deu três murros fortes no peito, um brado de levantar defunto e caiu de joelhos, na clássica posição de um índio preparado para flechar alguém.

O Nilson, que era uma espécie de cambono pra toda obra do Manoelzinho e também estava na trupe da folia em Araruama, imediatamente gritou ao ver a cena:

— Okê, caboclo!

Assim que o caboclo do Manoelzinho chegou, com urros impactantes de bugre, todos estenderam as mãos espalmadas à frente e abaixaram levemente a cabeça em forma de reverência.

A entidade indígena continuou gritando por uns cinco minutos. Neste espaço de tempo, a fila de gente para tomar passes se formou e os palpites sobre que caboclo era aquele começaram. A lista de possibilidades era enorme: Seu Tupiara, Seu Tupaíba, Seu Aimoré, Caboclo Roxo, Seu Sete Flechas, Seu Cachoeirinha, Seu

Tupinambá, Caboclo Lírio, Seu Junco Verde, Seu Rompe Mato, Seu Peri, Caboclo Sultão das Matas, Seu Mata Virgem, Seu Sete Pedreiras. Houve quem apostasse até num boiadeiro, apesar da pinta de bugre com que a entidade se apresentou.

O Nilson, cumprindo com a maior seriedade as funções de cambono, aproximou-se do índio e fez a clássica pergunta:

— Qual é a sua graça, meu pai? O senhor quer dizer o seu nome aos filhos de Zâmbi? Quer riscar seu ponto com a pemba de fé?

O caboclo murmurou alguma coisa incompreensível. O Nilson se aproximou e o índio cochichou algo ao cambono, que anunciou ao povo:

— Ele disse que se chama Seu Cacique de Ramos.

Meu avô retrucou na lata, com a habitual elegância:

— Seu Cacique de Ramos? Não fode que isso nunca foi caboclo nem aqui nem na casa do caralho.

Na mesma hora, o índio se ofendeu, deu um berro enfurecido, começou a rodopiar feito doido e lançou flechas imaginárias em todo mundo, com cara de puto dentro da tanga. Alguém sugeriu cantar um ponto pra acalmar a entidade. Mas qual? Uma voz desconhecida mandou de prima:

"Sim, é o Seu Cacique de Ramos/Planta onde em todos os ramos/Cantam os passarinhos da manhã..."

O caboclo gostou e ficou mansinho.

Dona Alcione, nessa altura do campeonato, só queria que o índio fosse oló para retomar os planos do carnaval em Araruama. O bugre, então, pediu silêncio e anunciou:

— Caboclo só vai deixar cavalo na quarta-feira de cinzas. Num sobe antes, que caboclo vai salvar seus filho de Aruanda na fé de Zâmbi. Caboclo veio trazer axé de pemba no carnaval.

— Não faz isso, meu pai. Seu cavalo tem que viajar, retrucou o cambono.

Seu Cacique de Ramos não quis conversa. Armou uma beiçola enfurecida, enrugou a testa, cruzou os braços e balançou a cabeça em forma de negação. E arrematou:

— Mulé de cavalo vai, que caboclo não quer ver mulé triste. Caboclo fica com cambono nas encruzas. Caboclo vai fazê trabalho forte, vai riscá ponto em mil e duzentas esquinas e depois vai embora. Ordem de Zâmbi. E caboclo quer cocar e tanga!

Dona Alcione fez de tudo para demover a entidade. Chorou, ameaçou se separar do cavalo, duvidou da mediunidade do marido, se arrependeu da dúvida, pediu desculpas ao Seu Cacique, acabou tomando passe e o escambau. Ficou até comovida quando a entidade disse algo como "meu cavalo ama muito mizifia", e acabou partindo para Araruama com a trupe.

Do jeito que Seu Cacique veio, ficou. Cumpriu a promessa: durante os dias de carnaval, trabalhou duro, percorreu mil e duzentas esquinas com a pemba de fé — de cocar e tanga em vermelho, preto e branco — bebeu marafo e cerveja na cuia da jurema, comeu feijoada para louvar Seu Ogum Beira Mar, fumou charuto e bateu o recorde de passes nas filhas de pemba em toda a história da Aruanda.

Foi oló na quarta-feira de cinzas, depois de cumprir com êxito sua missão de paz na terra.

O TÉDIO DA BARATA

BÁRBARA CALDAS

BÁRBARA CALDAS é escritora, autora dos romances *O apartamento de baixo* e *Seu Zé*, (finalista do Prêmio Rio de Literatura na categoria Novo Autor Fluminense). Foi uma das elaboradoras do Plano Estadual do Livro, Leitura, Literatura e Bibliotecas RJ (PELLLB RJ), tornado lei em 2018. Em 2020 colaborou com a crônica "15 de março", para o livro *Antifascistas*, da Editora Mondrongo, que reuniu textos de 32 autores de língua portuguesa e espanhola (Angola, Brasil, Portugal e Espanha). Atualmente trabalha no seu terceiro romance e mantém "PodCartas" podcast literário epistolar contemporâneo de troca de cartas/crônicas entre o Rio e Lisboa."

É o tempo de retirar e recolocar a tampa rapidamente. Um estado de alerta, uma certa adrenalina, como a dos ancestrais mais longínquos em tempos de sobrevivência em campos hostis. Instinto de autopreservação num grau bastante elevado. Puxo o ar, os olhos ainda pregados na tampa, e vou respirando, retomando o espaço do banheiro como meu, e como algo seguro. A tampa, a tampa de fato me protege. Vou aos poucos retomando minha função de até há pouco. Rodo na mão, chão molhado, pés descalços e a paciência a trabalhar: o serviço será mais demorado. O escoar da água pelo ralo tampado será mais lento, pelas microfrestas das laterais, levará, quem sabe, o triplo do tempo. Mas nada, nenhuma força, pressa ou ansiedade será capaz de me fazer remover novamente aquela tampa.

Penso: será possível? Da minha mente nada demove a nítida impressão, a recém memória ainda fresca da visão do ser que parecia meditar na cavidade do chão do banheiro. Creio ter tido o tempo de visualizar inclusive as antenas, no átimo de segundo que ocorreu entre o instante de abrir e fechar a tampa do ralo. O radar é instantâneo, como uma ferramenta exata, perfeita na detecção do inimigo. Um radar da mais alta tecnologia.

Será possível? Um mês antes, no mesmo local, cumprindo a mesma tarefa: a mesma situação. Puxo a água com o rodo, destampo o ralo para que seu escoar seja mais rápido, mais eficaz, e eis que vejo uma sombra, um formato castanho instantaneamente reconhecido. Fecho o ralo como um raio, mas ainda na dúvida. O susto foi maior que a certeza. Falta coragem para a averiguação. Jogo água sanitária pela fresta — o cloro é sempre corrosivo — para desencorajar o ser que penso ter visto, mandá-lo de volta para as profundezas dos canos possivelmente escalados por ele até esse ponto no segundo andar da casa. A vizinha vem em meu socorro, destampa o ralo e, ao cutucar a forma, o corpo suspeito cai e afunda na água empossada, fazendo parecer ser aquele um alarme falso, como um vício de um radar já meio paranoico. Fico bem.

Mas então, um mês depois, a mesma sombra outrora caída, no mesmo ponto, na mesma curva, assoma ante o meu retirar desavisado da tampa do ralo. Com um agravante: desta vez quase juro ter visto as antenas. Fico ali parada. A possibilidade de destampar o buraco, mesmo que com o cabo do rodo, é nula, e eu bem sei que a vizinha está viajando. Estou só. Vou dando o meu jeito, fazendo meus malabarismos, para secar a água do piso lavado do banheiro. O trabalho torna-se lento, cuidadoso, alerta. Será possível? Um mês, um mês inteiro vivendo no mesmo local, numa espécie de cilindro com dez ou quinze centímetros de diâmetro? Será que caiu n'água e, passando a tontura do cloro antes encharcado, retomou exatamente o mesmo ponto e ali permaneceu, sem mais? Sem mais nada, nenhuma outra ambição na vida, nenhum gosto ou desejo?

Um ser rejeitado. Um ser no tédio imposto pelo temor das consequências de tal rejeição. Um ser que veio ao mundo para sofrer uma perseguição, cujo tamanho é condizente com o da profusão de sua própria espécie pelas entranhas mais sombrias do mundo. Tenho dó. Sento na tampa do vaso e fico ali, derramando um olhar de compaixão sobre o quadrado chato e metálico, que encobre, poupa meus olhos e minha mais irracional emoção do inimigo inexistente, que na minha imaginação ganha o contorno da realidade incontestável do perigo maior. Porém, a compaixão desprovida de coragem me cai como um aleijão. Sou completamente apta para executar qualquer movimento, mas me aleijo, incapaz do gesto de libertar o ser, ali, talvez inexistente, de sua pena de tédio e circunspecção. Uma pena compartilhada, na medida que permaneço tão prisioneira ao ficar imóvel, apavorada com o risco de um ser, na realidade, inofensivo, e quando retomo os movimentos, é para balançar a cabeça, como quem busca sair de um torpor sem razão, e vou terminando o serviço, enxugando o chão com um pano que torço dentro do box, evitando qualquer consideração além da de que ali estou no meu espaço, no meu banheiro, e segura.

Sobre o tampo prateado do ralo, repouso um singelo e felpudo tapete cor de rosa, como a dar ares de sonho ao submundo que há pouco tentara me sugar. Como a dar ares de beleza e conforto ao ponto de tédio e temor que me penaliza com uma certa escravidão. Apago a luz e vou ver se há algum bom filme para assistir num dos quinhentos canais que tenho na televisão.

BATISMO NA CATEDRAL

ANDRÉ DINIZ

ANDRÉ DINIZ é professor, escritor e doutor em geografia cultural pela UFF. Lançou pela Editora Numa os livros infanto-juvenis *Pirulito* e *Kalu*.

Toda grande obra é rodeada de lendas, histórias, acontecimentos. Mas, em se tratando de igreja, de coisas que mexem com aquilo que nós desconhecemos, só aumenta o volume das narrativas. A Catedral de São João foi erguida no século XIX. Mas a ideia da sua construção é bem anterior: remonta ao século XVII o desejo dos colonizadores portugueses de homenagear São João Batista, profeta que anunciou a vinda de Jesus. Depois de muitas idas e vindas, o lusitano Manoel Rodrigues Carvalho, de alcunha Manoel Arqueiro, conseguiu a doação do terreno para a Irmandade de São João Batista. Com o novo templo benzido, em 1854, foram transladadas as imagens do santo para a igreja. No começo do século XX, a igreja virou catedral.

Conhecia os Correia da Silva desde a época em que cheguei do Caramujo para morar no Centro, na rua São João, perto da catedral. Era uma família simples como a minha, de gente trabalhadora. O que nos diferenciava era a capacidade dos Correia da Silva de organizar festas que duravam dias. Tavinho, o patriarca, enchia o peito pra dizer que em sua casa nunca faltou comida e bebida. Beirava os cinquenta anos, mas, para nós, entrando na adolescência, Seu Otávio parecia um ancião. Seu elo conosco eram as brincadeiras e cantorias que gostava de promover: uma mistura circense de Orlando Silva com performance de Michael Jackson. Figuraça o pai de Marcela. No casamento da filha, deu um show à parte, estimulado pelo álcool e pela emoção. Apesar do ciúme, gostava de dizer aos sete cantos o chavão dos sogros boa gente: não perdera uma filha, ganhara, isso sim, um filho chamado Ronaldo. Pois bem, foi o filho de Marcela e Ronaldo, neto de Seu Otávio e Dona Abigail, nascido forte e saudável, o responsável por virar a cidade de cabeça para baixo nos anos 70 do século passado.

Há histórias que contamos que são carregadas de parcialidade e emoção. Essa é uma delas. Nunca imaginei que um dia teria forças para escrevê-la. Se tudo ocorresse hoje, certamente minha interpretação seria outra; contudo, o envolvimento com o catolicismo e a fragilidade de lidar com os mistérios da vida deixaram marcas indeléveis na formação da minha personalidade.

Vivi anos dormindo no mesmo quarto que minha mãe, agarrado às barras da saia da minha avó, tendo pavor de qualquer barulho ou ruído fora de casa no período noturno. Tinha medo de alma penada, fantasma, diabo, mula sem cabeça... Só quem viu o que eu vi pode testemunhar o que aquele bebê nos proporcionou, coitado, sem ter consciência alguma do trabalho que deu para livrá-lo de forças misteriosas.

A festa estava armada na casa dos Correia da Silva. O batizado da manhã de sábado começou, como sempre, na noite de sexta-feira. Cada parente distante que chegava — e Niterói é uma romaria de gente do interior do estado — trazia pratos de pernil, galinha, arroz de forno, carne assada, farofa de peru, salpicão. Comida a perder de vista. Na geladeira, as amarelinhas pareciam "canela de pedreiro." Era só chegar e beber a cervejinha! Na pequena casa de dois quartos, um banheiro, sala e varanda na entrada, vinte pessoas se acotovelavam.

No sábado, dia 17 de setembro, a turma despertara para o grande dia. Igreja lotada. Um bafo quente rondava os convidados. Minha mãe, sentada no banco da segunda fileira, pingava como uma rocha úmida. Uma outra senhora, com o rosto bastante avermelhado, sentiu-se mal e teve que ser amparada por conhecidos. Eu esperava, na disciplina, a vez do meu afilhado ser chamado. Isso mesmo! Tinha dez anos, mas fora escolhido pelos pais para batizar Gabriel. Mal sabia o que era ser padrinho; aliás, pouco sei até hoje. O que dá na cabeça das pessoas de delegarem tamanha responsabilidade a um menino de dez anos? Será a mesma lógica de escolher a religião — católico, judeu, umbandista, mulçumano, evangélico — antes de os pequenos saberem o que querem?

O padre, naquela voz inaudível, pronunciou algumas palavras em latim e chamou-nos ao altar. Os avós, os pais, eu e Mariete — a madrinha, uma amiga de infância de Marcela, de uma beleza desconcertante — ficamos lado a lado, para minha felicidade. A madrinha segurava a criança, enquanto Dona Abigail portava a vela acesa pelo marido. Comigo tinha uma toalhinha para enxugar o pequeno. O padre se ajeitou para molhar a cabeça de Gabriel. Pegou a água batismal e jogou nele; nenhum choro veio. Pior: sua cabeça estava sequinha. Sem pensar no ocorrido, o padre voltou a pegar a água batismal e molhou de novo a cabeça do bebê. Todos se entreolharam surpresos: não havia um pingo de água no menino. Mais algumas tentativas foram feitas, a pedido dos apreensivos pais. Sem sucesso. Gabriel rejeitava o contato da água em sua cabeça; para dizer a verdade, ela secava antes de alcançá-lo. Seus olhos foram tomados por um vermelho vivo, fortíssimo. Para o bebê, o mundo poderia acabar ali: era de um sorriso contagiante.

O fato causou um alvoroço na igreja. Algumas pessoas choravam. Outras saíram gritando que aquilo era coisa do diabo, do demônio. Não tinha ninguém que desse uma explicação plausível para o acontecimento. É na hora do aperto, do medo ou do inexplicável que conhecemos as pessoas. Marcela pegou o filho no colo e protegeu-o com seus braços de mãe. Pediu à família que fosse para casa, Gabriel precisava descansar e sair daquela confusão. Despediu-se do padre, segurou forte a trêmula mão de Dona Abigail e caminhou em direção à saída. O instinto maternal dera-lhe uma altivez nunca vista. Seus passos firmes deixaram para trás os comentários sobre o ocorrido.

Notícia ruim corre igual a coelho fugindo de sua presa. Em pouquíssimo tempo, os grandes jornais aportaram em Niterói querendo saber da história do menino de olhos de fogo que rejeitara o batismo. Repórteres circulavam pela cidade para obter mais informações e imagens do bebê. Precursores dos atuais paparazzi, chegaram ao cúmulo de subir em árvores na esperança de descobrir umas frestinhas nas janelas da casa. O bafafá entre vizinhos, na padaria, na banca, no açougue, obrigara a família a entrar numa reclusão absoluta.

No dia seguinte, um padre amigo correu à casa dos Correia da Silva para tentar ajudá-los a enfrentar o problema. Seu conselho foi encontrar um antigo sacerdote beneditino, muito idoso, residente no Mosteiro de São Bento, na cidade do Rio.

— Sei que ele tem conhecimento de coisas quase sem conhecimento, disse o padre. — Só é preciso saber abordá-lo e ter paciência com sua senilidade.

— Eu vou, afirmou o pai, — quanto mais rápido resolvermos, mais rápido teremos nosso filho de volta.

O pai de Gabriel chegou ao mosteiro por volta das duas da tarde do dia seguinte. A exuberância do mosteiro e a suntuosidade de suas obras artísticas, do barroco e do rococó, impactaram o pobre homem. O ambiente úmido era de um silêncio intimidador. Um beneditino bem novo, ainda sem barba no rosto e de olhar angelical veio ao seu encontro. — O sacerdote encontra-se ao final do corredor, disse, apontando o caminho. Ronaldo avistou o que entendeu ser o ancião, encostado perto de um pequeno altar, curvado, certamente menor do que já fora. Ao se aproximar, ouviu:

— Você é o pai da criança?

— Sim, sou.

— Não gosto que me incomodem em meu fim de vida. Deve saber disso, não é?

— Me avisaram, senhor.

Aos poucos, o sacerdote virou o corpo e olhou o homem.

— Já vi tanta coisa neste mundo, que não me surpreende o estado do seu filho. Mas admiro a sua coragem de vir aqui.

— Não penso em outra coisa a não ser curá-lo desse mal. Ele sofre. Vejo isso em seus olhos. Gostaria muito que o senhor me ajudasse.

— Sei não, comentou o sacerdote, — essa coisa de ajudar corre estrada. Hoje ajudo você, amanhã tem uma romaria de gente pedindo coisas. Não tenho idade para confusão e nem vocação para milagreiro.

— Prometo que isso fica entre nós. O senhor pode ser a única chance do meu Gabriel.

Fez-se um pequeno silêncio.

— Sente-se aí, rapaz, apontou o sacerdote para uma cadeira colada ao pequeno altar.

— Vou lhe contar uma coisa muito antiga, que me foi passada por um bispo assim que me entreguei ao sacerdócio, voltou a falar o velho clérigo. A igreja do batizado do seu filho foi construída em cima de um antigo cemitério público da Vila Real da Praia Grande, atual Niterói. Quando do início da obra, uma moradora da localidade pediu um dedinho de prosa com o pároco. O objetivo era demovê-lo de construir uma catedral em pleno cemitério. A velha senhora usou todos os argumentos possíveis até que, esgotando as palavras, resolveu contar a verdade ao religioso. Com voz serena, narrou a lenda que rondava o lugarejo sobre uma alma penada que, pelos maus-tratos que sofrera em vida, tinha a necessidade de vingança. Dizem, solfejou a senhora, que a alma, ao saber que ali seria construída uma igreja, pediu aos seus que, quando fosse alcançado o número de cem mil bebês batizados, esse o libertasse do martírio, do desassossego e, finalmente, poderia encontrar a paz no corpo de uma criança. Tudo que não fosse da escuridão e das trevas, a criança rejeitaria. Assim se deu com o batismo e, certamente, com o passar dos anos o inocente só irá piorar. Acho que o diabo quis fazer uma brincadeira de mau gosto: São João Batista foi o homem que batizou Jesus no rio Jordão. Agora um inocente rejeita o milenar batizado na igreja que leva seu nome. Uma troça das trevas!

O pai de Gabriel gelou com a fala do ancião. Pensava em como iria lutar contra coisas que não entendia, que estavam fora do seu alcance, das suas forças. O sacerdote, vendo o rosto apático e apavorado do pobre do homem, caminhou para perto dele e deu um conselho misericordioso:

— Me disseram que no porão da Igreja existe um gato enterrado, sabedor de todos os feitiços desta Terra. Se tiver a sorte de achá-lo, poderá encontrar uma solução para o seu problema.

— Mas como vou falar com um gato?, perguntou o aflito pai.

— Você saberá o momento, finalizou a conversa o sacerdote.

Ronaldo chegou em casa sem olhar para sua mulher. Marcela percebeu o sinal de desânimo do marido. Confuso, aproximou-se:

— Temos que dar um jeito de chegar ao porão da Igreja. Precisamos achar um gato. Segundo o sacerdote, só ele dirá o que temos que fazer para curar Gabriel.

— Um gato?!", exaltou-se Marcela. Ele deve estar brincando. Falar com um gato... Ora, ora... Esse sacerdote é gagá, isso sim.

Fez-se um silêncio entre eles.

— Não compreendo mais nada... Mas, se é o preço...

— Você pode ligar para o padre da catedral e pedir permissão para entrarmos no porão, Marcela. Ele sempre foi mais próximo da sua família.

No dia seguinte, Otávio resolveu ir com o genro à igreja. Havia passado a noite em claro, preocupado com o destino do neto. Procurava alguém ou alguma coisa para culpar pelo seu infortúnio. Até àquela altura da vida nunca tivera inimigos e tampouco tinha feito algum mal para alguém. Sua vida era simples como a da maioria das pessoas à sua volta. Passou a imaginar que aquilo seria uma provação, um teste pelo qual sua família precisava passar para voltar à normalidade. Deus sabe o que faz, Deus sabe o que faz, repetia com insistência.

Os homens entraram na catedral e caminharam em direção ao padre Tadeu. O sigilo da incursão da família evitou a presença de possíveis curiosos e dos repórteres que, àquela altura, praticamente residiam na cidade. O padre vestia sua tradicional batina preta, de trinta e três botões e cinco abotoaduras (a idade de Cristo e as chagas pelas quais ele passou, respectivamente). Esperou a aproximação dos dois sem gestos brutos:

— Senhores, lamento muito o que estão passando. Disse à Marcela que podem entrar no porão. Só não entendo em que isso vai ajudá-los. Gostaria apenas de avisar que o porão é mais antigo do que a igreja. Esta parte em que estamos passou por duas obras, mas o buraco ainda é o original do século XVII. Tomem cuidado com as entradas sem saídas, a mobília caquética, as paredes despencando. Não me lembro se nos últimos anos alguém pisou por lá; o cheiro de mofo é insuportável e recomendo um lenço para respirarem melhor.

A escada para o porão era íngreme feito uma ladeira para carrinho de rolimã. Otávio desceu escorado no genro. A cada passo, a centenária escada emitia um som. Parecia uma orquestra sinfônica. O porão assemelhava-se a um túnel, e a lanterna na mão foi providencial para dar o mínimo de visibilidade. Eles não sabiam por onde começar!

— Acho melhor entrarmos pela esquerda, disse Otávio, levantando a lanterna naquela direção. — Ali tem um corredor mais comprido, entremeado por pequenas passagens, onde poderemos ter algum sucesso.

— Sucesso será permanecer ileso nessa joça", disse seu Otávio. — Vamos, meu filho, vamos que temos muito trabalho...

Passaram-se mais de duas horas desde que os dois homens começaram a procurar sinal de algum gato enterrado. O ar era carregado de mofo e de poeira. O desânimo era visível. Ambos sentaram-se para descansar um pouco, entre pequenos bancos alocados em frente a velhas estantes e caixotes cheios de livros.

— De que época seriam esses livros? Pelo aspecto deles, devem ser do tempo do onça. Otávio alcançou um:

— Nossa, 1750! Nem dá pra ler o título, Hist... Deve ser *História da Aldeia da Praia Grande: um compêndio sobre o território do cristão-novo Martim Afonso de Souza*. Acho que esse é o nome branco de Arariboia. Será possível que esse documento seja o da posse da terra que ele ganhou do governo português ao trair os índios?" Ronaldo apenas resmungou:

— Não sei nada de história, Seu Otávio...

Curioso, Ronaldo pegou outro livro na estante. Ao puxá-lo, uma pequena porta se abriu, seguida de uma voz modulada em tom irônico:

— Quem incomoda o Gato Preto? Espero que seja por um bom motivo!

Ronaldo deu um pulo de susto e acabou tocando na parede de onde vinha o som; quando percebeu, a parede se desfez em poeira. Entre os rebocos, os homens puderam ver um gato preto com apenas um único olho chamejante — o outro havia sido arrancado. O bichano parecia manter um eterno sorriso malicioso.

— Vamos, homens, digam o que querem. Não tenho muito tempo, preciso voltar a dormir. Sabem como é, gato que não dorme fica irritado. E eu ando o tempo inteiro sobre pedras quentes. Qualquer barulhinho me faz pular.

— Sim, senhor... Senhor ga... Como devo chamá-lo?

— Ora bolas, Gato Preto. Não está vendo?, disse o gato de forma zombeteira.

— Seu Gato Preto, voltou a falar Otávio, nosso caso é gravíssimo. Alguma alma desgarrada gostou do corpo do meu neto e não quer mais sair.

— Muito natural. Seu neto está dentro do prazo da maldição dos cem mil bebês batizados aqui na Catedral de São João Batista. Os homens erram no passado e quem paga o pato são os inocentes do presente. Tivessem a sabedoria de um gato, viveriam com mais astúcia e por muito mais tempo. Eu ainda tenho mais quatro vidas..., deu uma risadinha de leve. — Só há, meus caros, uma chance de livrar o varão da maldição. Terão que encontrar os restos mortais da alma que no passado não teve o devido descanso. Assim que sua alma descansar, em um lugar sereno, o moleque estará livre da maldição. Só que o tempo urge: a maldição só poderá ser desfeita em até 48 horas. Caso contrário, o corpo do menino será possuído pelo passado.

— E por onde começamos, Seu Gato Preto?

— Comecem pelo começo. O princípio de tudo é a cura do mal.

— E onde seria esse começo?, indagou Otávio.

— Ora, por acaso és um homem de sorte. O começo é logo aqui, bem pertinho de mim. Não vão encontrar muita coisa dele, de sua velha feição de camponês rude, com olhos de fogo e corpo curvado de trabalho, mas os ossinhos esfarelados aqui na parede são suficientes. Basta enterrá-los como se deve para dar paz a essa alma amaldiçoada. Agora me deem licença, bocejou o gato, — preciso dormir. Estou muito cansado e com um pouco de rinite. Sou alérgico a poeira. E deu outro risinho...

Ronaldo e Otávio começaram a cavar a parede onde o gato havia apontado. A cada batida com um pedaço de pau retirado de uma capenga cadeira, a parede ruía. Olhando aquelas estruturas, a catedral estava por um fio. Algumas pancadas foram o suficiente para encontrarem um caixão rudimentar, de madeira simples, ainda semifechado, mas bastante corroído pelo tempo.

Otávio pôs a mão no rosto para amainar o cheiro forte e o bafo quente do ataúde aberto. Pegaram um caixote e juntaram dentro dele os restos que encontraram do falecido camponês.

— Para onde levaremos isso, Otávio?

— Ronaldo, vamos direto para o cemitério arrumar um espaço e encomendar uma missa para seu eterno descanso. Acho que se sentirá confortável e acabamos com a infernal maldição.

Ao anoitecer, os homens chegaram em casa exauridos e foram ao quarto da criança.

— Olhem que graça, rapazes, disse Marcela rodeada pela família da mãe, — de uma hora para outra o olho de Gabriel passou a ficar castanho, bem clarinho. Terá puxado a quem?

Marcela, os homens falaram quase em uníssono, — marque logo a nova data do batizado!

Para Fabio de Jesus, Alexander e Érica Carapeticow, Douglas, Jonas, Marquinho, Alfredo, Papel e a "turma do centro de Niterói."

CENA CARIOCA

CÁSSIO LOREDANO

CÁSSIO LOREDANO, nascido no Rio de Janeiro em 1948; jornalista desde 1968, caricaturista, com desenhos publicados em *Opinião*, *Pasquim*, *Jornal do Brasil*, *O Globo*, *O Estado de São Paulo*, *Veja* e alguns jornais europeus: *Frankfurter Allgemeine*, *La Repubblica*, *Libération*, *El País*. Publicações sobre os caricaturistas Nássara, Guevara, Figueroa, Luís Trimano, J. Carlos e Millôr Fernandes. Tem três filhas e é "bacalhau".

Instam-me pessoas de minha consideração a botar no papel coisa ocorrida comigo e na qual, narrada oralmente, acharam graça. O caso é que fui assaltado. Outro dia. E pela primeira vez, em décadas andando a pé pela cidade toda, incluídos escondidos buracos e vários morros. (Aliás, é preciso pedir ao Jaguar que ele conte por escrito a primeira vez dele, é impagável). Mas saíra eu de reunião que tinha começado às 7h15 da manhã na Escola Alemã Corcovado, na rua São Clemente, onde estuda minha filha Isabel, e resolvi voltar a pé para casa, em Laranjeiras.

Caminhar é recurso meu frequente para, entre outras coisas, tentar arrumar um pouco da bagunça mental. Também prefiro sempre trajetos ou sem ou com menos trânsito, acho carro particular o grande câncer municipal. De qualquer município. De maneira que escolhi aquelas ruas interiores de Botafogo tão familiares minhas, que serpenteiam sempre muito ermas coladas ao sopé do morro Dona Marta: Eduardo Guinle, Ministro Raul Fernandes, Assunção e Marquês de Olinda, até cair no inferno inevitável de Muniz Barreto e Pinheiro Machado. Isso quando no fim da Assunção não subo a Mundo Novo para cair lá embaixo na General Glicério.

Entrei, pois, na Eduardo Guinle e subia pela calçada da direita. À minha frente, saiu de um prédio um casal cuja moça era muitíssimo ajeitadinha. Perdi-os de vista em seguida, porque antes da esquina dobrei à direita e subi os degraus que me levaram a cortar por dentro da pracinha Radial Sul, a que babás levam crianças, e donos, cachorros, quer dizer, uma promiscuidade. Isto, o atalho, ainda pelo amor de aproveitar qualquer ínfima chance de me apartar do convívio com automóveis.

Quando saí na Raul Fernandes, me surpreendi de o casalzinho que viera por fora se apresentar ainda à minha frente. Devo ter continuado em abstrações estéticas, porque o casal parou de repente em seco e eu só então vi que na frente dos dois iam três jovens senhoras que não só tinham estacado como dado um passo atrás assustadíssimas, ficando aquele povo todo em embolado vai-não-vai. Eu, que não via nada e me irrito bastante com quem tem medo da própria sombra, avancei, superior e altaneiro, e ultrapassei todo mundo.

Pronto! De detrás do ônibus escolar estacionado aqui à esquerda saiu o moço que as mulheres provavelmente tinham visto tirar a cabeça um átimo para calcular o momento do bote. Vi a pistola. Preta, na mão direita. Não apontava, mostrava. Pensei em ferrugem, mas acho que estava era imunda. Mulato e magro, isto sim.

Acho que o capacete era cor-de-abóbora e a camiseta, vermelha, desbotada. Acho.

(Evaristo de Moraes Filho, professor de Direito Penal, recomendava muita cautela com depoimentos de quem "esteve no local da ação". Dava então as costas aos alunos na UERJ, perguntava, e ninguém nunca sabia dizer a cor da sua gravata).

Eu, de mim, estava de camiseta preta, calça clara e os indefectíveis All Star brancos, e trazia a tiracolo uma carteira de lona vermelho-Ferrari da Livraria da Travessa. "Não corre!", mandou. Deu dois passos e veio com a mão esquerda para o meu ombro direito, mas eu mesmo passei a alça da bolsa por cima da cabeça. O coração pulava um pouco e constatei surpreso que nem era tanto. E ainda gritei esganiçado o aviso: "É um livro!" E era. Não só, mas era. Deve ser dos primeiros mandamentos deles desconfiar ou mesmo não acreditar na clientela.

E então: eram nove da matina ou nem isto — e o cara já estava no batente. Não sabe o que é adicional de insalubridade, com todo o sobressalto que o tempo todo lhe vai minando e abreviando a vida; e muito menos conhece o de periculosidade. Voltou-se lentamente, só com a bolsa, mais nada, e montou na garupa de uma moto que só então vimos e que lhe estava à espera igualmente oculta pelo ônibus.

Partiram também sem afobação, momento em que poderia(m) ter tomado um tiro, se um ou mais de nós seis estivesse armado e autorizado a revidar a incivil abordagem. E para quê? Qual o recheio da bolsa levada? Pois uma edição de bolso muito baratinha, R$ 17,90, do *Romanceiro da Inconfidência* (monumento erigido por Cecília Meireles e cuja releitura devo a lindo artigo de Paulo Rónai no recém-saído *Pois é*); dois pregadores de roupa que uso para, sem emprego das mãos, manter abertos livros de encadernação mais rebelde; uma demonstração gráfica do teorema de Pitágoras que eu tinha rabiscado para não me lembro quem num guardanapo de papel do Estação Largo do Machado; e cinco folhas de informações e autorizações para a viagem de intercâmbio que a filhota vai fazer agora e que eu trazia da reunião na escola, tudo em alemão. E, sim, havia a própria bolsa cujo uso por ele não se recomendaria, dado o chamativo da cor. Mau começo de jornada para o pobre.

Olho então para trás e vejo o homem do casal segurando um pouco trêmulo, na altura do peito da moça, uma folha impressa que fora um A-4 mas estava cortada mais ou menos na proporção da seção áurea. Embatuquei um instante um pouco mais longo com aquele "escudo", mas agora imagino que o papel tivesse estado, logo antes, dando a ela outro tipo de proteção, impedindo-lhe a visão da cena que acabava de se dar. Estava com os mesmos buracos com que nasci, e, mais leve em todos os sentidos, segui pelo roteiro previsto. Uns caraminguás, R$ 20 e poucos, identidade, óculos de leitura, Riocard-sênior, cartões de orelhão, metrô e banco, celular, tudo comigo nos bolsos. Em casa, liguei para o William, da Livraria Folha Seca, e parti para a cidade para recomprar e poder terminar o livro de que ficara órfão. Na Travessa da Sete de Setembro, comprei outra bolsa. Não tinha vermelha, esta é creme; está com outros dois pregadores dentro e o último Garcia-Roza.

Rio de Janeiro — 2014

FAZENDAS, CHEMISIER E FECHECLER

JOÃO CARINO

JOÃO CARINO é produtor cultural, radialista e escritor. Já produziu mais de cinquenta discos, entre eles Elizeth Cardoso, Raphael Rabello, Chico Buarque, Beth Carvalho. Autor do livro *Geografia da Música Carioca* junto com Diogo Cunha. Fundador e Presidente do Instituto Memória Musical Brasileira, o IMMUB.

Alcançar a nobreza sempre foi o sonho secreto da Dona Arminda. Ela sabia que tal pretensão flertava com o mundo dos milagres. Afinal, filha de imigrantes portugueses, chegou com sua mãe no navio português Mouzinho, em 1929, com apenas dois anos de idade. Foi criada em um cortiço no Centro do Rio de Janeiro, passando por todo tipo de dificuldade. Quando cresceu, seu sonho ficou limitado: melhorar de vida. Mesmo assim, ao seu modo, batizou os filhos com nomes de reis e rainhas. Para a primeira filha deu o nome de Elizabeth, princesa da Inglaterra, vindo depois a se tornar a imortal rainha. O que ela não previa era que a sua princesa brasileira fosse nascer — justamente — no dia 4 de dezembro. A avó portuguesa da criança, com toda a sua autoridade católica, vaticinou: será Elizabeth Bárbara, em homenagem ao nascimento de Santa Bárbara. Dois anos depois nasceu outra menina. Desta vez, Dona Arminda pensou em uma estratégia para se livrar da autoridade católica da mãe. Batizou a mais nova filha com o mesmo nome da irmã da princesa Elizabeth. Assim, a irmã vassala, nascida no Brasil, ficou com o nome inglês de Margaret Rose.

A saga real não parou por aí.

Alguns anos depois, nasceu o esperado varão no bairro do Catumby e não no Palácio de Buckingham. Aliás, era muito comum naquelas famílias de imigrantes a busca por um herdeiro. Não servia mulher. Quando um menino nascia, as mães não tinham mais filhos, mesmo que fosse filho único. Bastava um homem para garantir a perpetuação da família e dos negócios. Era chegada a hora da Dona Arminda escolher — novamente — um nome nobre, preferencialmente da nobreza inglesa. Foi fácil: o garoto iria se chamar Charles William, sem tradução ou acréscimo, filho da rainha, que mais tarde seria o príncipe de Gales da Inglaterra. Uma pessoa fadada ao sucesso, pensou Dona Arminda, exultante com a escolha. Agora, a família real inglesa estaria completa. Porém, pela primeira vez nesta história da realeza carioca, o pai do menino se insurgiu. Também filho de imigrantes, só que italianos, não iria permitir que seu filho homem tivesse um nome tão diferente assim. Achou pedante a alcunha. Dona Arminda ficou indignada com a falta de ambição do marido. Será que aquele filho de carcamanos não percebia o erro que estava cometendo? Mas o "bruto" não voltava atrás. Vinha com a moral de quem não tinha dado nenhum palpite no nome das suas filhas princesas. Era uma moral acumulada. Agora seria a sua vez de escolher, decretou. Porém, apaixonado pela Dona Arminda, não queria confusão. Teria que encontrar uma solução inteligente para não contaminar a realeza familiar com o nome de um herege. A solução foi criativa. Num rasgo de vaidade, pegou seu primeiro nome e juntou com a tradução de Charles: deu João Carlos. Com um detalhe fundamental que nunca poderia ser esquecido: era o nome do Rei de Espanha.

Além de ser uma mulher preocupada com o futuro dos seus filhos, Dona Arminda era também uma costureira de mão cheia. Fazia quase todas as roupas da família. Desde os uniformes escolares, os vestidos com laços de fita de Margaret Rose e Elizabeth Bárbara, às calças do marido e até os shorts do reizinho. Naquele tempo, fazia parte das atribuições domésticas da mulher o ofício de costurar. Provavelmente porque quase não existiam lojas que vendiam roupas prontas como existem hoje em. Era quase tudo artesanal, feito por costureiras ou alfaiates. Um vestido de noiva ou casamento, por exemplo, era feito por uma modista. Por causa disso, havia muitas lojas que vendiam tecidos nos bairros e, principalmente, nas grandes lojas do centro da cidade, ou como se dizia naquela época, na "cidade". Também não se falava em comprar um "tecido". O usual era dizer que iria comprar uma "fazenda". Hoje em dia ninguém sabe mais que fazenda é sinônimo de tecido, de pano. Pois bem, havia lindas fazendas à venda nas lojas da cidade: jacquard, organza, cetim, tricoline italiana ou acetinada, linho, passando pela moderna viscose e chegando aos caríssimos tafetás. As lojas de bairro não ofereciam tanta variedade de fazendas como as lojas da cidade. Lá, a oferta de novas estampas era maior e os preços bem melhores. Dona Arminda comprava sempre alguns retalhos de tecido que sobravam daqueles grandes rolos de fazenda, muito baratos, que ficavam amontoados em um balcão bem na entrada das lojas. Cada retalho tinha o tamanho exato para fazer uma determinada peça de roupa, como uma blusa ou uma saia. Os cortes eram pequenos e, geralmente, não dava para se fazer muita coisa com eles. Certamente, era por isso que os shorts do João Carlos ficavam tão curtos e eram sempre muito coloridos e estampados. Não tinham abertura frontal, nem fecho ecler, nome dado à época para o tão famoso zíper de hoje. Para fazer xixi, era preciso abaixar o short. Os meninos também não usavam cuecas. A tradicional cueca samba-canção só era adotada quando os rapazes chegavam à adolescência. Percebendo que já não era prudente deixar o filho sem cuecas, Dona Arminda começou a comprá-las. A moda era o uso das modernas cuecas "saco de batatas". Eram feitas de um tecido estranho, uma espécie de rede fina, elástica, vendidas em uma embalagem de plástico, num copinho com três unidades. Eram indestrutíveis. Devem ter sido inventadas para serem usadas como rede de pesca e — algum gênio da moda resolveu adaptar para uso íntimo. Pior: eram unissex. Muito feias, "um breve contra a luxúria", segundo o provérbio português.

Em uma ida à cidade, Dona Arminda levou o caçulinha para comprar fazenda e passou de visita pela Casa Príncipe, que ficava na av. Rio Branco, próxima à rua Buenos Aires. O slogan deles era "O Príncipe veste hoje o homem de amanhã". Não precisa dizer mais nada. Era uma loja especializada em roupas de meninos e adolescentes. Vendia de tudo, até terninhos para os garotos. Quando jovem, Dona Arminda trabalhara lá como caixa. Ao chegar ao balcão, apresentou o filho ao dono do estabelecimento. Ele já era velho, meio calvo e muito empertigado. Contou para o menino que ela tinha sido sua melhor funcionária. Seus olhos meio nublados ficavam mais vivos à medida que elogiava sua ex-funcionária, deixando transparecer a sensação de que fora apaixonado pelos lindos olhos verdes de Dona Arminda. Muitos anos depois, Margaret Rose e Elizabeth Bárbara encontraram uma medalhinha de Santo Antônio nos pertences da mãe. Fora dada de presente pelo antigo patrão.

Dona Arminda começou a ficar sem tempo — e provavelmente sem paciência —para costurar. Resolveu, então, procurar os serviços de um "camiseiro", o Seu Martinez, conhecido como Seu Martins. Ele era um senhor baixinho e meio corcunda. Falava enrolado, com um sotaque estranho, meio português, meio espanhol. Era galego. Outro imigrante como Dona Arminda. Estava sempre vestindo uma camisa de cor clara e manga longa, bem encardida, metida para dentro da calça apertada com cinto. Não era muito chegado a tomar banho. Aliás, afirmava que um banho podia matar e a falta de banho não. Ainda dava exemplo: uma pessoa toma banho quente e depois se expõe a uma friagem, pode pegar uma pneumonia e morrer. Por conta disso, fedia. Era uma espécie de ranço, uma inhaca atávica, transmitida através de gerações. Apesar do bodum característico, Dona Arminda adorava suas camisas, seu capricho no acabamento. Bastava fornecer a fazenda e explicar o modelo pretendido. Seu Martins entrava com os botões, forro e demais aviamentos. Quando voltava para entregar as encomendas, trazia as camisas embrulhadas em uma espécie de papel de pão. O embrulho vinha sempre muito amarrado, com vários laços, como se a camisa pudesse fugir daquela embalagem. Seu Martins só fazia camisas. Deve ter sido indicado pela Dona Cristina, conhecida modista do Catete, de origem espanhola. Ficou viúva muito jovem e, desde a morte do finado, vestia roupas pretas. Como Seu Martins só sabia fazer camisas, Dona Arminda se valia de um truque para que ele também fizesse roupas para as filhas. Encomendava camisas compridas, longas, de diferentes modelos de acabamento, com a recomendação de que os botões fossem colocados do lado esquerdo da roupa, com as casas do lado direito, ao contrário das camisas masculinas. Deste modo, as camisas longas viravam um vestido para as meninas, um *chemisier*.

Além de camiseiro, Seu Martins passou a ser também um "vestideiro". Sempre que passava muito tempo sem aparecer na vila, Dona Arminda mandava o filho ir chamá-lo em casa. Ele morava na rua Bento Lisboa, no Catete. Era um quarto mínimo, com uma cama, um armário e uma máquina de costura Singer de pedal. Ficava no primeiro andar, no térreo, e tinha uma janela de duas folhas que dava para a rua. Daquele ambiente saía um cheiro ruim, uma catinga desagradável. Sentada ou deitada na cama, havia a mulher do Seu Martins, uma senhora de cabelos desgrenhados e brancos. Tinha uma ferida na perna que não sarava. A diabetes já tinha levado a sua visão e agora maltratava o resto dos seus dias. Seu Martins rescindia aquele quarto malcheiroso.

Depois da morte da mulher, Seu Martins acabou se casando com Dona Cristina, a modista espanhola que morava no Catete. Era também galega como ele. Quando crianças viviam no mesmo *Pueblo,* perto da cidade de Rivadavia, na Galícia. Católica fervorosa, a noiva não abria mão de se casar na igreja da Glória, com toda a pompa e circunstância. No dia do casório, Dona Arminda e suas filhas trajavam lindos vestidos feitos pela própria noiva. Por sua vez, Seu Martins também contribuiu com o figurino do evento, fazendo as camisas para João pai e João filho. Dona Cristina, a noiva-modista, que tinha feito vestidos de casamento a vida toda para outras noivas, finalmente largou o luto e caprichou no visual. Vestia sua obra-prima: um lindo modelo feito todo em seda pura com detalhes em renda, decote em V na frente e discreto nas costas, cauda em linho de seda com rosas de tecido aplicadas. Um luxo. No entanto, o grande destaque da noite ficou por conta do Seu Martins. O galego estava irreconhecível na cerimônia. Trajava um terno impecável, belíssimo, de linho S 120, amarrotado como era de costume, sapatos novos de bico fino e — por incrível que pudesse parecer para toda a sua clientela convidada — encontrava-se de banho tomado e muito cheiroso.

Logo depois do casamento do Seu Martins, Dona Arminda adoeceu. Em verdade estava doente há muitos anos e vinha administrando sua enfermidade. Passava longos períodos internada para cuidar de um câncer. Tinha também complicações pulmonares. Ainda assim, entre idas e vindas aos hospitais, ficou uns catorze anos tentando se curar. Mais que isso: mesmo internada, controlava a casa, os filhos e as finanças. Até a velha ambição de melhorar de vida ela nunca abandonou. Matriculou as filhas em um colégio no Leblon, bairro nobre da cidade, chamado André Maurois. Era uma escola pública dirigida por Henriette Amado, uma mulher muito a frente do seu tempo que adotou o lema "Liberdade com Responsabilidade" como princípio de educação. Destemida, fez uma pequena revolução em um sistema de ensino ainda muito conservador. Os colégios públicos daquele período ainda conseguiam entregar um ensino de muita qualidade. Mas a questão da Dona Arminda não era só proporcionar às filhas uma boa educação. A seu modo, sua preocupação era também colocá-las em contato com pessoas daquele bairro, usando o velho ditado do "diga-me com quem andas que eu te direi quem és".

Elizabeth Bárbara e Margaret Rose acabaram se casando com moradores do Leblon e Ipanema. Tornaram-se mulheres da zona sul carioca, deixando definitivamente de fazer parte da classe média suburbana do Catete que sempre se envergonharam.

Faltava cuidar do futuro do João Carlos. O jovem estudava em um colégio estadual em Laranjeiras. Dona Arminda, ainda de posse de um pouco de saúde que restava, convenceu o marido a se mudar para o Leblon. Era um apartamento térreo, pequeno, em um antigo prédio que pertencia à família do marido de Margaret Rose. Para fazer frente à nova despesa, tiveram que alugar a casa de vila na rua Ipiranga.

Mas ainda faltava matricular o filho varão em um colégio especial, de preferência melhor que o antigo André Maurois, naquela época já em franca decadência. Seu marido escreveu uma carta para a direção do colégio Santo Agostinho. Os padres concederam uma bolsa parcial para o menino.

Finalmente, o sonho pequeno-burguês da Dona Arminda estava completo: moradora do Leblon, filhas casadas com moradores locais, filho caçula estudando em um dos colégios mais conceituados da cidade.

Dona Arminda não viveu para assistir as consequências das ilusórias escolhas que fez para a sua família. Morreu poucos meses depois que se mudou para longe do seu passado.

AMENIDADES, POEIRAS E ARANHAS

RAILANE BORGES

RAILANE BORGES é uma cineasta e roteirista de 32 anos vivendo um caso antigo com as imagens e palavras . É também uma indomável sonhadora.

Era o 770. Ela fez sinal. O motorista fez questão de passar uns 50 metros do ponto antes de parar. O deslocamento de ar levantou seus cabelos e formou pequenos ninhos em sua nuca. "É daí que eles vêm." — ela pensou. O freio cantou uma melodia metálica que conhecia bem. Assim que o ônibus parou por completo, as pessoas atravessaram a nuvem de poeira que se formara e se puseram a correr em busca de um assento vago. Aquilo acontecia todos os dias. Pensava que fosse algum tipo de perversidade programada ou jogo sádico. Podia jurar que eles apostavam entre si quem chegaria primeiro até a roleta. Enquanto saculejavam seus corpos urbanos numa corrida preguiçosa, era possível ver no retrovisor a malícia jocosa escondida no meio sorriso do motorista. Ou ao menos Juliana achava que via. Aguardou então que os acotovelamentos chegassem ao fim e subiu os degraus. Era a última passageira. A primeira a chegar no ponto. "Os últimos serão os primeiros", sentiu ecoar na memória.

Os tempos estão de trás pra frente.

Riu.

Só podia rir.

"Boa noite", ela disse automaticamente ao motorista. Ele não respondeu. Ela não estava esperando resposta, de qualquer forma. Naquele dia, não tinha os trinta centavos em moeda para ajudar no troco. O ônibus não estava tão cheio, mas todos os assentos estavam ocupados por ao menos uma pessoa. Era impossível não pensar em como os adultos se tornavam tão individualistas depois de inseridos no mundo normativo. Ocupavam-se todos os lugares vazios antes que alguém decidisse com seus próprios pesos e medidas a pessoa com quem dividiriam a viagem. Os critérios eram facilmente percebidos. Homens preferiam assentos ocupados por mulheres, começando pelos do fundo. Mulheres procuravam assentos ocupados por mulheres. Na frente, preferencialmente. E depois, o hiato onde se passam as indecências classistas das quais alguns ainda são capazes no ano de dois mil e dezessete.

— R$3,80! E nem vimos isso acontecer, ou vimos?

Vimos sim. Foi bem na nossa cara. Teve grito, bomba, luta. Mas lá estava o aumento. Quis muito se sentar na janela. Escolheu a pessoa que parecia estar mais próxima do destino final. Era uma mulher de chinelos e short. "Ela poderia estar indo para casa", ponderou. "Às vezes", reparou, "checa a bolsa e as alças, olha pelo vidro da frente como que calculando distâncias. Deve estar repetindo o ritual de partida que faz para garantir que não esqueça nada". Era o suficiente. Dois pontos depois a mulher tocou o sinal. Juliana se senta. Queria sempre estar à beira da janela. Era o passeio dos dias. Não importava se estava indo trabalhar, ou ao médico, ou ainda ao escritório de advocacia, tinha prometido a si que sempre estaria a passeio através do caminho. O celular de sua vizinha de assento toca.

— Oi, fala! Já, já tô chegando. Avisa a mamãe que tô levando o xarope. Tio Valdo vem semana que vem, avisa a ela. Fernando que falou. Daqui a pouco eu tô aí. Um beijo, tchau.

Mais poucas melodias de freio e ela pede licença, irá descer. Juliana desliza para a janela, contente, e deixa o vento soprar seus cabelos mais uma vez. Agora sorria. Iam pegar a Ponte Rio-Niterói. O céu era de um 3D que o "novo cinema" jamais conseguiria reproduzir. Nuvens brancas roliças estavam espalhadas pela imensidão detrás da moldura de sua janela recém conquistada. Um raio brilhante cortava o céu azul de norte a sul desenhando contorno nos morros ao redor do Estado do Rio de Janeiro. Era possível ver a cadeia de montanhas da Serra dos Orgãos, os barcos entrando na baía, a água tremulando levemente em direção às barcas, observadas de perto pelos vôos rasantes de aves famintas. A claridade era de cegar. Do outro lado, o Corcovado enobrecia ainda mais a vista e havia também a perfeição do morro do Pão de Açúcar, na Urca, com seus cabos perfeitamente visíveis, tão frágeis, carregando bondinhos cheios de estrangeiros fascinados pela beleza do nosso território. "Isso é bonito demais". Juliana olhou para trás. Quis ver quantos estariam vendo o mesmo que via, mas muitos dormiam. Os outros estavam imersos em suas telas brilhantes. Poucos eram os que sustentavam o olhar na linha do horizonte. As pessoas pareciam tristes e esgotadas, como se estivessem precisando de um descanso longo. As peles maltratadas, os corpos descuidados. A cidade era má com os sonhos das pessoas. Elas tinham teias nas pernas que adquiriram em anos perdidos no vazio engarrafado de aquedutos e elevados. São as teias das longas esperas. A aranha da dinastia tece na perna de seus súditos enquanto eles tentam fugir para as regiões metropolitanas, onde descansam entre tiros após dias massivos de trabalho pesado. Aquelas pessoas tinham uma cidade para manter. Prédios a construir, hospitais a limpar, ruas, apitos e salas de aula esperando por sua presença. Estavam todos ali. As cozinheiras para alimentar a barriga dos que estudam, as secretárias dos que estudam e vêm a se formar, todos espremidos na lata velha do dono do Porsche, naquele espaço de tempo do presente, onde a diferença social tinha sofrido pouco ou nenhum grande desdobramento desde a promessa incumprida do último governo camuflado de esquerda.

Assim que o sol invadisse os galpões da região central da cidade, também os seus pesadelos estariam iluminados aos seus olhos. A penumbra escondia o medo detrás do bocejo, mas não conseguiria livrar seus olhos vacilantes. Afinal era isso. Ser adulto era mesmo sentir medo, apreensão. A sombra do fracasso sempre à espreita de todas as vidas. O ócio lento com que a morte se arrasta, acompanhando cada um de nós até a porta dos nossos serviços, onde esqueceríamos o vento no rosto, o sorriso de nossos filhos, aquela lata de creme de leite que está faltando na despensa. Hora de descer. Era tempo de máquina.

— Guarda uma coisa pra mim? — Ela pediu ao mundo antes de passar na roleta.

O mundo não respondeu pois não tinha voz, mas estendeu sua palma fria, onde Juliana depositou as pequenas serpentinas coloridas dos sonhos. Ela sussurrou para eles:

— Divaguem! Busco-lhes em oito horas...

E lá se foram, vadiar no céu mudo numa pirueta de vento.

VANESSA

MARCELO MOUTINHO

MARCELO MOUTINHO nasceu no Rio de Janeiro, em 1972. É autor dos livros *Rua de dentro* (Record, 2020), *Ferrugem* (vencedor do Prêmio da Biblioteca Nacional, Record, 2017), *Na dobra do dia* (Rocco, 2015), *A palavra ausente* (Rocco, 2011), *Somos todos iguais nesta noite* (Rocco, 2006) e do infantil *A menina que perdeu as cores* (Pallas, 2013), entre outros. Organizou a seleta de ensaios *Canções do Rio — A cidade em letra e música* (Casa da Palavra, 2010) e antologias como *O meu lugar* (com Luiz Antonio Simas, Mórula, 2015) e *Dicionário Amoroso da Língua Portuguesa* (com Jorge Reis-Sá, Casa da Palavra, 2006).

Esse conto faz parte do livro *Rua de dentro*, de Marcelo Moutinho, publicado previamente pela Editora Record.

As quatro batidas tímidas se alastraram em poucos segundos pelo vidro da porta, até virar silêncio. Na panela, o extrato de tomate borbulhava. As salsichas logo seriam despejadas ali, para depois se juntarem ao macarrão, que descansava no escorredor. Aurora cuidava de fatiar a cenoura. Gostava sempre de pôr um legume na comida. Melhora a pele, faz baixar o colesterol.

O almoço esperava Vanessa. Era comum a menina sair da escola e parar em algum canto para papear com as colegas de turma antes de subir a longa ladeira da rua Maranhão. Estava naquela idade em que a adolescência, para além do corpo, começa a se insinuar em palavras novas.

"O Araketu / O Araketu / Quando toca / Deixa todo mundo / Pulando que nem pipoca", o micro system da sala vibrava em alto volume, enquanto Aurora despejava as cenouras na panela, misturando ao molho. O cheiro já chegara à sala e ao solitário quarto da casa.

Ela só pôde notar que havia alguém à porta porque o CD parou de girar. Novas batidas, dessa vez mais firmes. O vidro estremeceu.

Panela em fogo brando, para não queimar o almoço, e um "já vai" precedeu a corrida até a entrada.

— Quem é? — perguntou, cautelosa.

— É a casa da Dona Aurora?

• • •

Vanessa nasceu há onze anos, quando o casamento de Aurora e Luís já contava três. Ele desejava um menino, para ensinar a assentar tijolo e torcer pro Flamengo. Aurora só pedia que viesse ao mundo com saúde.

Herança do avô, a casa da rua Maranhão ganhara um pequeno berço lilás. Luís comprou o móvel de segunda mão e caprichou na pintura. Parecia novo.

De lá para cá, o tempo correu veloz. A bebê de músculos frágeis e choro fácil tornou-se uma estudante com uniforme e notas medianas. Vanessa sonha fazer a faculdade de Odontologia, abrir um consultório no Méier. A mãe costuma dizer que dentista ganha bem e é uma profissão bonita, que põe sorriso no rosto das pessoas. Para Luís, um curso técnico bastaria. Mas no íntimo ele se orgulha dos planos da filha. Passa os dias misturando cimento e levantando laje para fechar as contas da casa. Aos domingos, gasta uns trocados no bar de karaokê, que fica a duas quadras da casa. Queria, no fundo, ser cantor. Costuma apostar suas fichas em "*Smells like teen spirit*", do Nirvana, embora não saiba quase nada de inglês. Se exagera na cerveja, encontra o quarto trancado. Aurora não perdoa. Luís protesta, grita, soca a porta. Acaba acordando Vanessa, que invariavelmente chora. O sofá da sala então se transforma em bom lugar para passar a noite.

• • •

— É sim. Quem deseja?

— Cabo Oliveira, do 3º Batalhão.

— O senhor quer falar com o meu marido?

— Posso entrar, por favor?

— Ele tá no trabalho. Uma obra no Engenho de Dentro. Volta lá pelas cinco.

• • •

O trajeto entre o Colégio Estadual Antonio Houaiss até a casa da família não chega a quinhentos metros. Desde o último aniversário, Vanessa vai e volta sozinha da escola. Às vezes, faz a caminhada ao lado do Lucas, que mora mais para o alto do morro e também está na sexta série.

Vanessa adora o piso de paralelepípedos e a visão que se descortina a partir da ladeira. Da porta de casa, de manhã cedinho, vislumbra o emaranhado de construções encravadas no mato, as paredes de tijolo sem pintura — ao fundo, os prédios avarandados do Lins de Vasconcellos. É como se ela morasse em outro bairro, um ponto ferrugem e verde isolado sob o céu da cidade. À medida que desce, as cores mudam.

A mãe não sabe, tampouco o pai, que Lucas acha Vanessa a garota mais incrível da Boca do Mato. Os cabelos crespos, quase sempre amarrados no coque, a mania de falar "tipo assim" antes de todas as frases.

Vanessa o tem como amigo, nada além. Para ela, o garoto mais incrível da Boca do Mato é, tipo assim, o Beto, que já está no primeiro ano do Ensino Médio e compõe rap. Ela sabe que em breve ele vai acabar os estudos no colégio. Que ele vai fazer faculdade, trabalhar com o tio no comércio ou ficar rico com seu canal de música no YouTube.

Além de gostar do Beto, Vanessa gosta de ouvir a Anitta, de tomar sol e de comer pastel de carne — mas tem que ter ovo cozido no recheio.

• • •

— É com a senhora que preciso falar. Posso entrar?

Aurora assentiu, mostrou o sofá

— Obrigado. Não vou demorar nada.

— Então... O que o senhor deseja?

— A senhora é a mãe da Vanessa da Silva, correto?

— Sou, sim. Ela se meteu em problema?

— Não, senhora. É que houve uma troca de tiros e infelizmente

PLEIBÓI

NEI LOPES

NEI LOPES é autor de quarenta livros publicados, em diversos gêneros literários, inclusive dicionários, sendo por duas vezes ganhador do Prêmio jabuti. Em 2019 foi finalista do prêmio Oceanos, com o romance *O preto que falava iídiche* e em 2020 conquistou o prêmio Sim à Igualdade Racial, na categoria "Intelectualidade Negra".

O "Caminho Central", a ladeira que vai dar no campo, lá no alto do morro, parecia, tipo assim, um formigueiro. As luzes das gambiarras, o cheiro forte do churrasquinho e a fumaça dos fogareiros, o burburinho de gente subindo e descendo davam um tom meio que de carnaval ou de Bahia àquele sábado de meio de ano.

Meu irmão subiu com a Fabiana, rainha de bateria do Coqueiro; e na terceira viela, assustado — como ele me contou — Juninho se encostou na parede, pra dar passagem ao garoto cambaleante e ensanguentado.

Fabiana tentava explicar, justificando uma possível advertência. Mesmo porque o menino tinha, como ela dizia, "só as mãos" em carne viva:

— Levou um sacode. Pra prestar atenção.

Na verdade, não era a primeira vez que meu irmão subia o morro. Ele já tinha, inclusive, sido apresentado aos caras que organizavam o baile. E tinha ficado, tipo assim, fascinado... Mas o que fissurava e atraía, mesmo, o Juninho eram os canos, as glocks, os akás, repertório bélico de ponta, capaz de fazer inveja a qualquer ministério da defesa. E tudo isso, veja você, nas mãos, e à bandoleira, de moleques quase sempre mais novos do que ele, caras amarradas, pra impor respeito. Soldados, sargentos, coronéis e generais de um exército miserável, de sandália de dedo, mas tido como organizado e bem treinado. E com regras e táticas duvidosamente aprendidas em manuais de guerra verdadeiros e em filmes tela quente, sem lei nem ordem; nesses *videogueimes* de mortais combates.

Moleques paramilitares, entendeu? Que mesmo desnutridos e desdentados, mal sabendo falar e pouco mais que somar e rabiscar os próprios nomes, cativavam, encantavam, seduziam, pegavam as minas que queriam, na hora que desejavam. E isso porque "Vênus" — como eu li uma vez, não sei onde — "sempre foi doidinha por Marte..."

É demais! Olha só! Não tem ninguém triste nem aborrecido. Fabiana dizia isso fingindo que não via o "soldado", fuzil no ombro, cheio de marra, latinha de cerveja na mão. Seu olhar se concentrava no grupo de quase vinte moças e rapazes — pés para lá, mãos pra cá, rodopio, cobrinha, braços no ar — que caprichava a coreografia mais bacana do baile. Ela sabia que aqueles passos tinham sido criados em casa, diante do espelho, rádio ligado na 107, a FM preferida de mil entre cada cem fanqueiros da cidade. O que ela não sabia é que "fanqueiro", no dicionário, por enquanto, quer dizer uma outra coisa muito diferente. Não demora a absorver, em suas páginas de papel bíblia, mais esse neologismo nem um pouco evangélico, mas também não tão diabólico, como algumas pessoas entendem.

Tem gente que diz que "*funk*", em inglês, tem a ver com suor, fedor. Mas a palavra também quer dizer "atemorizar, meter medo" (Isso foi Papai que explicou). Na gíria do jazz, nos anos 1950, o termo passou a designar a intensidade de alma negra colocada na interpretação musical: quanto mais tocasse o sentimento dos mais humilhados e ofendidos cidadãos do país, naquela época, mais "funky" a música era. E o nome acabou por rotular um estilo muito dançante, meio parecido com a música das discotecas, em que o desempenho dos metais era pontuado pelo diálogo pulsante do baixo com a bateria.

Papai sabia tudo de Cultura Negra, era fã de James Brown, e convencia quando explicava. Mas, na verdade — e Juninho também sabia disso — o som que rolava no Coqueiro não era o mesmo dos negros americanos. E não guardava nenhum parentesco com o *rap* ou o *hip-hop* dos crioulos da periferia de São Paulo, por exemplo. Era um lance, tipo assim, mais pro carnaval, pro deboche, mistura de rock com marchinha, cantado aos berros, pra esculachar, pra bagunçar. Engraçado isso... Ou será que era pra atemorizar, meter medo?

— Se for assim, é *funk*. Do legítimo, do bom. — dizia o Mestre Rufino, que também sabia das coisas.

Mas o meu irmão, coitado, não estava interessado nesse tipo de consideração. Isso era coisa de Papai. Júnior, diga-se de passagem, achava isso tudo uma grande babaquice. Mas, de qualquer forma, Papai era preto, beiçudo, cabelo duro — como a maioria dessa molecada fanqueira aqui do baile. E, além de tudo, tinha mais de 50 anos e, por isso, devia ter lá suas razões. Nessa, a cabeça de meu irmão ia longe, longe, quando Fabiana voltou com uma latinha, gingando no ritmo do batidão, para dar o recado:

— O Homem quer falar com você.

O que o Homem queria com Júnior, como a gente soube depois, era falar de negócios. Pois soube que ele era sangue bom; que morava lá embaixo, na pista; que estava na faculdade; onde tinha uma pá de pleibói e de mina que ia lá em cima comprar bagulho; e principalmente que tinha muitos, mas muitos mesmo — "tá ligado?" — que gostava da parada, de dar um teco, mas não subia lá porque tinha medo de sujeira:

"Papo reto, maluco! E tu pode ser um estica da firma na faculdade, não precisa nem vim aqui buscar, a firma entrega na pista: no bar, na praça, no ponto de ônibus, pra não dar bandeira, toda segunda; na outra segunda, tu acerta com a contabilidade, pega tua parte, vende onde quiser que a firma não tem nada com isso, a firma só quer é faturamento e responsa, tudo certinho, no esquema; e a firma sabe que tu (Juninho? Vaguinho?) é pleibói, mas é sujeito homem, gosta de fazer uma presença com as mina, calçar um naike, um mizuno, um reebok maneiro, tirar chinfra no shopping e pagar a faculdade, maluco, que a "falcudade" é particular, particular, ela é particular; que o Homem sabe que esses safado aí da falcudade é os maior canalha; que a mensalidade da faculdade é uma nota violenta; que eis mete a mão mermo, maluco; é que é por isso que não tem preto na falcudade; que na falcudade só estuda filho de bacana; e aí Júnior com o capital que vai ganhar aqui pela firma paga a faculdade com o que ganha na faculdade, morou?"

• • •

Lá em casa ninguém era bacana: Papai, Mamãe, eu e Juninho éramos típicos classe-média da Zona Norte. Mamãe é uma mulher branca. Sem qualquer possibilidade de dúvida. E nós, seus filhos éramos, digamos assim, "morenos". Isto, pelos padrões brasileiros. Mas em outro lugar, principalmente nos Estados Unidos, seríamos indiscutivelmente negros, como ele. Embora oitavões, quadrarões, mulatos, sei lá. Até mesmo eu, que tenho os olhos claros e os cabelos aloirados de Mamãe.

Juninho aprendeu a ler bem cedo. E logo foi matriculado no Colégio de Aplicação, excelência em ensino público. Não era nenhum gênio, mas demonstrava astúcia, vivacidade e interesse, principalmente pela vida do entorno do colégio, a esquina, o Café e Bar Itapiru, o morro. E foi esse tipo de interesse que determinou minhas primeiras reprimendas e os primeiros estremecimentos entre nós dois, alguns até de caráter mais sério.

Afinal, Papai era um educador; apesar de não o ser à moda antiga nem à moderna. Não adotava o "corretivo" nem o diálogo. Preferia estratégias de resultado, como a "rédea curta", com a diminuição e até o corte da mesada. E, aí, a retaliação de Júnior vinha no matar aulas; no chegar tarde em casa; nas notas baixas; no relaxamento.

Foi assim na tarde daquela quinta-feira, na semana do carnaval. Depois de almoçar, às pressas e ao som das costumeiras reclamações — sobre seu desleixo, sobre o péssimo rendimento na escola, sobre algumas companhias — Juninho estava, como mais tarde eu soube, em Copacabana, meio sem destino, numa perambulação que ia dar, sempre, exatamente no meio daquelas companhias a que eu me referia. E na esquina da Prado Júnior, num bar meio "pé-sujo", numa mesa de calçada, avistava a suspeita, mas simpática figura — cabelo todo pra trás mas cheio do lado, bigodinho fino, cigarro no canto da boca; a figura do tio Bartô, que o recebia efusivo, como eu soube depois. Parece que estou vendo a cena:

— Opa, opa! Cumequié, meu sobrinho? Dando um rolé em Copa?

— Vim ver uma parada aí, tio...

Juninho responde evasivo, esperando a clássica pergunta, que vem logo:

— E aí? Como é que tá? Comendo muita gente?"

Meu irmão, de pé, ante os olhares curiosos que se voltam, envergonha-se um pouco:

— Quê isso, tio!?

— Quê isso, nada, rapaz ! Eu, na tua idade, já tinha até mulher na zona. Com quantos anos você está?

— Vou fazer dezessete.

— Porra! Já tá na hora, moleque. Homem tem que saber de tudo, conhecer de tudo.

— O senhor...

— Senta aí! Toma um chope comigo.

— Tio, eu sou de menor...

— Toma um "garoto"... Você é homem ou não é?

Tio Bartô vira-se para trás e chama o garçom:

— Aristeu! Vê mais um "garoto" aqui. Na pressão.

O garçom "filma" o rapaz, para, reflete, hesita, pensa em falar alguma coisa, mas decide servir, confiando no que sabe da biografia do "Doutor Bartolomeu".

— É pra já, doutor.

Juninho também confia. Então, puxa a cadeira e senta. Afinal, esse tio velho, irmão de seu avô materno — mesmo citado como mau exemplo e talvez por isso — sempre esteve, em sua mente, envolto numa aura de lenda. Nunca se soube exatamente do que vive. Mas é amigo de gente importante e famosa: gente do rádio, da televisão, do futebol, do samba, da polícia...

"Homem tem que fazer de tudo, conhecer de tudo, do bom e do ruim, rapaz!".

Juninho acha o gosto do chope amargo. Mas está com sede e a temperatura do líquido é providencial, naquela tarde de calor. Ele não sabe até onde vai a veracidade dos mirabolantes relatos de Bartô. Mas, para ele, é fascinante aquela conversa de homens: o tio cafetão, a puta apaixonada, as brigas de navalha, o ciúme das outras mulheres... O chope já faz efeito. E meu irmão, coitado, sonha colorido...

— Cerveja, cigarro, um fuminho de vez em quando, pra clarear as ideias, nada disso faz mal. Agora; esse negócio de "tóchico" é que não pode. Isso é o maior atraso de vida.

O tio malandro fala a partir de sua própria e real experiência. De quem, em certo momento, viu o mundo desabar. Mas seu juízo de valores é ambíguo e, inclusive, incompatível com a moral de seu tempo e com a rigidez de sua criação. Dois anos mais velho que o irmão, meu avô, Bartô chegou a cursar a Escola Preparatória de Cadetes.

— Ser militar, naquele tempo, só era bom pra apanhar mulher. E, não é pra me gabar não, mas eu era um tremendo boca de fogo.

— Como é que é, tio?

— Isso é gíria do tempo da Guerra. Quer dizer "espada", garanhão, cara que come todo mundo. Eu não dispensava não, meu chapa! Estudante, coroa, boneca, travesti...

— Quê isso, tio?

— Ih! Naquele tempo não tinha esse negócio, não! A gente sentava a ripa

— Então, o senhor...

— Ah! Você ouviu falar no Congresso Eucarístico?

— Mamãe já falou disso...

— Foi em 56, no Aterro. Teve padre que veio pro Rio, cheio de dólar, só a fim de garoto novo. O turismo sexual começou aí. E a gente, novinho em folha, ficava só na expectativa".

— Mas, tio...

— Numa dessas, tu sabe quem eu comi?

— Não faço nem ideia, Tio Bartô...

— Eu comi o bispo de Barcelona, meu sobrinho! O bispo de Barcelona!!!

A frase estranha ecoa da Prado Júnior à avenida Atlântica. Muita gente fica achando que é a comemoração de uma estupenda vitória numa partida de xadrez. E os poucos sensatos que ouvem a conversa, sabem que Bartô é fanfarrão e mentiroso; e que Barcelona é uma cidade de respeito e muito importante.

Mas Bartô é assim mesmo: gosta de aventura, vai ao cinema, tem saudades dos bons filmes de pirata, daqueles coloridões. Assistiu o filme *Amistad*; cuja história conta pro Júnior, arrematando:

— Filmaço, garoto, filmaço! Os crioulos botaram pra jambrar, mas no final quebraram a cara. Tu precisa ver! Tu e teu pai, que é ligado nessas paradas de África, de direitos humanos...

Foi esse gosto pela aventura que levou Bartô a ser bicheiro. Segundo ele, "no bom tempo, de Constantino, Florestan, Gasogênio"... Morava em Vila Isabel, na rua Jorge Rudge, perto do Hospital Pedro Ernesto. Chegou a ter uns pontinhos. Foi cafetão, também. E "puxou cadeia", como costuma dizer. Por isso ele fala de escravidão com um relativo conhecimento de causa.

— Bobeira. Foi no tempo do Etchegoyen, que era o cana-dura da época do Dutra. Eles chegaram de sopetão, me deram uma geral, e eu tava sem lenço nem documento. Só uns trocadinhos no bolso. Aí me enfiaram dentro do tintureiro.

— Tintureiro?

— Era o camburão daquele tempo. "Tintureiro" ou "tintureira", sei lá, é um tipo de tubarão grandão, que engole todo mundo. E na época tava passando um filme assim. A gente chamava também de "flamenguinho", porque era um camburão vermelho e preto.

— O senhor foi pra delegacia?

— Já viu, né? Chegando lá, interrogatório e coisa e tal, eu disse que tinha família, tinha estudo, mas o delegado não acreditou. Aí, me levaram, pra Roubos e Furtos, que não tinha nada a ver com o meu caso, que era contravenção. Mas, naquela época, sabe como é, né? Esse Etchegoyen foi que fechou o cassinos, deixando um montão de gente desempregada: artistas, músicos, cenógrafos, garçons, cozinheiros, copeiros...

— Tipo que ano isso?

— Quarenta e tal. Aí, na Roubos e Furtos me jogaram numa cela com mais de trinta caboclos. Lá é que eu vi que cadeia é, mesmo, o lugar em que filho chora e mãe não vê — como diz o outro. Chão de cimento, um frio do cacete, a gente dormindo em cima de jornal. Mas vagabundo é a imagem do cão. Então, nego pegava o que sobrava daquele arroz papa, fazia aquela goma e passava no chão, pra isolar. Aí melhorava um pouquinho.

— Pô! E os direitos humanos, tio?

— Direitos humanos era a boca do boi, aquele buraco em que a gente se agachava quando dava vontade de jogar um barro. Tu já imaginou, numa cela de 4 por 4, depois daquela gororoba braba, trinta caras fudidos jogando barro na mesma boca?

— Brabeza!

— Tinha que acender a tereza pra fazer uma fumaça e aliviar a catinga...

Bartô utiliza uma linguagem realmente muito peculiar! "Tintureiro", "gororoba", "tereza", "jogar barro". Parece coisa daqueles sambas do tipo Bezerra da Silva, Zeca Pagodinho. E ele também conhece capoeira. Mas gostava, como diz, era daquela dos brancos da zona sul de seu tempo: Sinhozinho, João Fontes, André Lacé...

— Era tudo rapaz de boa família. Mas com eles não tinha esse negócio, não! Na hora que o pau quebrava, quebrava mesmo! E o único crioulo que encarava eles era o Macaco Velho, que botou a nocaute o campeão de jiu-jitsu do Japão. Outro também foi Valdemar Santana, esse era bom também. Mas o resto, esses baianos aí, só sabem é rebolar.

Nesse ponto, o Tio mistura as épocas. O Macaco Velho a que ele se refere é Ciríaco, lutador negro nascido em Campos e que, de fato, derrotou no Rio, o japonês Sada Miako, contratado como instrutor de artes marciais pela Marinha brasileira. Mas a luta foi em 1909. E Valdemar Santana, negro baiano campeão de luta-livre, escreveu sua epopeia em 1955, quando derrotou seu mestre, o supercampeão de jiu-jitsu Hélio Gracie, numa luta de 3 horas e 45 minutos. Mas, já que Bartô é o dono da mesa e da verdade, vamos deixá-lo dar as cartas:

— Aquilo é que era tempo, meu camarada! Hoje tem até dinamarquês, sueco, jogando capoeira.

• • •

Meu irmão Juninho entendeu a história. Mas assimilou mal a lição. E, naquela noite, o que o "Homem" propôs a ele — como eu soube mais tarde — foi um negócio, um bom negócio, porque Júnior era, como o dono do morro dizia, "sujeito homem" e não ia "vacilar com a firma"; e não ia precisar mais de dinheiro do pai, daquele pai que "não dava mais papo", não conversava, não sentava pra tomar um chope e levar "uma ideia descontraída", assim como Tio Bartô.

Era um bom negócio! O Tio, "coroa esperto", iria gostar de ver Juninho "com grana", pagando a rodada de chope.

— Homem é isso! Tem que experimentar de tudo um pouquinho. Até um bom negócio. Só não pode é ter vacilação, maluco! Se vacilar, carcará pega, mata e come, Vaguinho!

Juninho não era filho de pai alcoólatra, drogado ou desempregado. Tinha família estruturada, morava bem, tinha iogurte e "cereais" na geladeira, sempre teve festinha de aniversário, tinha amigos e colegas de seu meio social e de sua idade; usava tênis e roupas de grife... Estudava em bom colégio, praticava esportes, aprendeu inglês... E, até chegar à adolescência, teve um pai carinhoso, embora não participativo como devia. As mudanças de comportamento que ele vinha apresentando havia algum tempo, eram próprias da idade, tipo assim, manhas de adolescente — Mamãe pensava. Ele não tinha, nem de leve, o perfil do moleque de favela, que brinca de "boca", com armas de plástico, reproduzindo as cenas de seu dia-a-dia: "o dono", "os vermes", "pepê", "xis-nove", "microondas", compreendeu? É claro que ficava horas e horas trancado, só com aqueles videogueimes de combates mortais, filmes de temperatura máxima, adrenalina pura! Mas quem pensa que ele experimentou maconha no colégio; que depois foi apresentado à cocaína; que se viciou; que, mais tarde, sem o contato do habitual fornecedor e já fora de controle, resolveu obter a droga direto, com traficantes do morro, sob a influência dessa tal Fabiana... quem pensa assim, está redondamente enganado. O delinquente Vaguinho, bandido de classe média, foi gerado de outra forma. De uma forma que ninguém consegue entender — nem mesmo Cesare Lombroso, se ainda fosse vivo e acatado, conseguiria —; fruto talvez de alguma química especial ocorrida em seu cérebro de adolescente.

• • •

A primeira transgressão foi a obtenção da carteira de motorista, sem necessidade de exame técnico ou trâmites burocráticos, como presente de aniversário, aos 18 anos, dada por Tio Bartô — "Esta é quente, meu sobrinho!" —; e que meses depois lhe custaria, a primeira detenção, na verdade, resolvida através de propina.

Ficou preso só uma noite na Delegacia da Tijuca. Mas ali foi que o futuro Vaguinho, meu irmão — coitado! —, foi apresentado à extorsão, ao constrangimento ilegal, ao suborno, à concussão, sem-cerimoniosamente, pelos militares condutores, pelo mulato civil encarregado do flagrante por uso de documento falso, pelo carcereiro negro que lhe garantiu noite melhor, fora do convívio celular com os pés-de-chinelo, os sem pai, sem escola, sem classe.

— Você, meu garoto, é um rapaz de família e não vai se misturar com esses safados aí...

Eu já estava no terceiro ano da Faculdade. E compreendi que esse episódio exemplar, essa demonstração cabal da força do dinheiro em situações limítrofes entre o Direito e a Ética, na cabeça do jovem inteligente, determinado, fez com que meu irmão transpusesse, decidido e por sua própria conta, a fronteira que o transformaria, como num arco-íris sem cor, de Júnior a Vaguinho, bandido de classe média. Desculpe falar assim com todo este sociologuês e juridiquês. É a emoção! Na verdade, agora eu tomava conhecimento de que Vagner Júnior, o nosso Juninho, era o "Vaguinho; profissão, comerciante", como se apresentava. E não deixava de ter razão, pois realizava "um complexo de operações contínuas e habituais, como qualquer agente profissional que faz circular utilidades resultantes de uma indústria transnacional, encarregando-se de adquiri-las para revendê-las aos consumidores, com a finalidade de lucro". É o que está lá no livro de Direito que ele nunca abriu.

Começou na informalidade, como o Homem queria, só servindo aos consumidores da faculdade. Quase como essas funcionárias que revendem lingerie, perfume, bijuterias, defendendo um trocadinho nas repartições. O Homem resolveu estender sua estrutura até a "pista", onde é mais difícil a fiscalização e a repressão; e Vaguinho começou como parte dessa estrutura.

Mas seu negócio progrediu e ele, então, era comerciante estabelecido com um fundo de comércio. Tinha mercadoria, não precisava de mobiliário nem de máquinas nem de utensílios ou instrumentos, semoventes ou bens de raiz — além de uma pequena balança de precisão. O nome de seu estabelecimento não era importante. O ponto, talvez. Mas o bem maior desse patrimônio era sua condição insuspeita de filho de boa família, honrada e trabalhadora. Patrimônio valioso! Seu comércio era de alto risco, ele sabia! Sabia que se ganhasse muito iria atrair a desconfiança e a cobiça dos cartéis; que o seu negócio operava em redes, baseado em intimidação, extorsão e terror. Por isso, Vaguinho era discreto e tomava suas precauções.

Já tinha, inclusive, comprado a pistola, que escondia em sua pequena estante, atrás dos livros de Direito que nunca abriu. Já tinha um "arrego", um acerto com um PM da área. E, principalmente, apesar de em alguns momentos sentir vontade, não consumia nem um pouquinho da mercadoria que vendia

"Homem tem que conhecer de tudo. Agora, esse negócio de "tóchico" é que não pode..."

Vaguinho-Juninho, certamente, jamais esqueceu aquela frase do velho Bartô. E sabia que sua mercadoria, se usada, poderia deixá-lo paranóico, vendo inimigo onde não havia ninguém. Podia entrar no círculo vicioso da "fissura", da alta euforia e do "bode", que sempre vem, determinando a "fissura", que iria levar a outra depressão, que iria... atender o telefone:

— Alô.

— Cumequié, pleiboi?

— Na paz.

— Chegou uma parada boa aqui.

— Quanto?

Vaguinho foi objetivo, direto, e a negociação, em monossílabos, concretizou-se em poucos minutos.

• • •

A série de matérias da *Folha Carioca* estava fazendo estragos. E as importantes prisões que vinham sendo feitas pela Delegacia de Entorpecentes abalavam a estrutura do tráfico de drogas na cidade, intranquilizando não só as famílias pobres das favelas mas também algumas de classe-média e até de classe-média alta, do asfalto, como era o nosso caso.

Mamãe era jornalista. Mas não entendia porque, mal completados os 21 anos, Juninho-Vaguinho deixou o Rio Comprido, sem que soubéssemos exatamente para onde e o que iria fazer. E as opiniões, em casa, da família se dividiam:

— Vai quebrar a cara e vai voltar. Avaliava Papai.

— Júnior é um menino sensível e o coração... tem razões... Só digo uma coisa: se me der uma neta, eu vou ser a avó mais coruja do mundo. Mamãe romantizava; enquanto Vovô apenas comparava os custos e os benefícios.

— Bem... ele me disse que era um investimento seguro. E eu disponibilizei o numerário. De certa forma, nós somos até sócios. Informalmente, é claro.

Vovô e Papai tinham muitas diferenças. De origem e de cor, principalmente. Mas o fato de eu e Juninho termos nascido "brancos", como ele julgava, aliviou bastante a tensão inicial.

— Mas ele não tem experiência de negócios. E o senhor não me falou nada. Papai chamava o sogro às falas. E o Velho não se dobrava:

— Você é que pensa que ele não tem experiência. O sangue catalão fareja dinheiro. Onde estiver, doutor.

Tio Bartô, apesar de não gostar nem um pouquinho da zona norte, tinha ido até o Rio Comprido também em busca de recursos para um negócio que planejava. E, aí, é claro, concordou plenamente com o irmão:

— Ah! Isso é verdade. No meu tempo, quando um espanhol espirrava o outro desejava: "*Salud y pesetas!*"

— Mas a moeda agora é outra, Tio Bartô. É euro. — brinquei — E do jeito que o Júnior é caladão, na dele, sozinho, eu acho que ele foi é fazer a romaria de Santiago de Compostela.

• • •

Eram 6 e meia da manhã, como Papai contou. Com o toque da campainha, a amante de Vaguinho abriu a porta, ainda sonolenta e envolta num lençol, e foi rendida por três agentes federais em posição de tiro. Rainha sem coroa nem bateria, Fabiana fingiu não saber do que se tratava, disse que queria saber o que o "marido" tinha feito e, ao vê-lo sair algemado, correu para o telefone:

— Professor Vagner? Levaram o Vaguinho...

(...)

— Não tenho a menor ideia, professor.

(...)

— Devem ter levado pra Entorpecentes.

(...)

— Ué!? Estava escrito no colete, professor: S.R.E... É da Entorpecentes...

Papai desligou. E, nuns quarenta minutos, muito transtornados, eu e Maura chegamos à delegacia. Os flashes espocaram. Maura tomou a frente, como u'a mãe da Plaza de Mayo:

— Meu filho é estudante de Direito. Meu filho não tem nada a ver com isso".

Para a polícia civil, o "elemento" Vagner Adriano Júnior, o Vaguinho, era uma gota dentro do enorme oceano da "Operação Ankara", organizada para desmantelar o gigantesco esquema de Jamil Jorge, o Turco. Ele não teria nada a ver com aquilo, a não ser a coincidência de a reportagem deflagradora ter sido uma ideia jornalística de Mamãe.

Entretanto, a Polícia Federal sabia, sim, como Vagner Adriano Júnior, Paulo Roberto Oliveira, Marcelo Santos ou lá que outros nomes agora usasse, era um dos top de linha do narcotráfico no Brasil e quiçá no exterior. Ele tinha um status empresarial que fazia alguns nomes mitológicos parecerem simples micro-empresários.

Segundo a Federal, os tentáculos de sua ação perniciosa já chegavam ao Legislativo e ao Judiciário, em transações de tal monta que só em propinas atingiam cifras superiores a 500 mil dólares. Vaguinho participava da convicção geral de que, no Brasil, cadeia é só para preto e pobre. E dentro dessa lógica — quem diria — já teria no bolso traseiro da calça jeans um ministro do STJ, um ex-presidente do TRF e inúmeras outras autoridades dos mais altos escalões da República. E seu vocabulário já incorporava expressões de alta voltagem jurídica, como "mandado de injunção", "*habeas data*", "violência presumida", "suspensão de instância". Pena ter largado a Faculdade de Direito no segundo ano!

• • •

O Turco também não conhecia nem nunca tinha visto meu irmão. Mas, aconselhado, resolveu mandar lhe "passar o cerol", como eles dizem. E isso com o único fim de atingir Mamãe, pela série de matérias publicadas na *Folha*, assinadas por ela, intimidando-a primeiro, para depois, quem sabe, fazê-la desaparecer num "acidente". Mas não foi isso que se deu:

"O traficante de classe média Vagner Adriano Júnior, o Vaguinho — estampou o Popular — *foi executado com 16 tiros dentro de um conhecido restaurante em Pedra de Guaratiba, no início da tarde de ontem. O crime levou pânico aos funcionários e frequentadores do restaurante. Segundo foi apurado, Vaguinho, que usava também identidade falsa com o nome "Marcos Fernando Gonçalves", estava acompanhado de outro homem, muito bem trajado, dentro do Voltaire's, na rua Barros Alarcão nº 17. Ambos almoçavam (lagosta au termidor com vinho Chateau Neuf du Pape, safra 1958, segundo um garçon que não quis se identificar), quando dois homens chegaram, aproximaram-se e, sem nada dizer, fizeram vários disparos em direção à vítima, enquanto seu acompanhante desaparecia. Vaguinho foi atingido por sete tiros nas costas e na lateral direita do corpo, tombando no corredor de acesso aos toilettes. Os matadores, então, aproximaram-se ainda mais e fizeram mais oito disparos contra a barriga e um contra o rosto*

da vítima, fugindo rapidamente em seguida, num Vectra que os esperava. Cerca de oito clientes e quatro funcionários deixaram o restaurante , conforme declarou, em estado de choque, o garçon Raimundo Macedo aos soldados da PM, chamados por populares. Mais tarde, peritos do ICCE estiveram no local e deram início às investigações e exames preliminares. Segundo a polícia, não foram encontradas cápsulas de projéteis no estabelecimento e somente o legista poderia determinar o calibre das balas que atingiram Vaguinho. Foram recolhidos, da bolsa tipo capanga pertencente à vitima, quatro telefones celulares, um aparelho Nextel, 74 reais, 250 dólares americanos, 300 euros, cartões de crédito, talões de cheques e uma agenda eletrônica. Suspeita-se que o acompanhante — um homem de meia idade, de nariz pronunciado, com aparência de sírio, turco ou libanês, segundo uma testemunha --, tenha atraído Vaguinho a uma cilada".

Mamãe sabia o poema de cor: "Perder um filho é como achar a morte" — como escreveu o grande e injustiçado Giuseppe Ghiaroni, seu poeta de cabeceira, nos anos 1950-60. Mas, nessa época, as famílias pobres "perdiam" seus jovens filhos para moças bonitas que, sorrindo os levavam casados, como no caso do poema. Ou para doenças como crupe, tétano, tifo; ou para aquela que os punha "fracos do pulmão"; ou para o mar; ou para quedas do trem...

Nunca se perdia um filho tão corriqueiramente como agora, para balas de grosso calibre, de pistolas, fuzis, metralhadoras e outras armas privativas das Forças Armadas.

"Perder um filho é como achar a morte". Mamãe sabia o poema de cor e preferia mil vezes o luto de que ele falava. Mas passado o impacto, o choque, as lágrimas, o velório, a missa, a vida, dela e da família, o divórcio ("fazer o quê, né?"), foi aos poucos voltando ao normal.

Na "maciota", como ainda diz Tio Bartô.

O LAR DE CADA UM

FERNANDO MOLICA

FERNANDO MOLICA Carioca, Fernando Molica é autor de cinco romances; entre eles, *Uma selfie com Lenin* (Record). Foi duas vezes finalista do Prêmio Jabuti. Dois de seus livros — *Notícias do Mirandão* (Record) e *Bandeira negra, amor* (Objetiva) — foram lançados na Alemanha e na França.

Numa rua de Botafogo, quase esquina com São Clemente, a marquise protege frequentadores de bares e serve de teto para alguns homens e mulheres. São sempre os mesmos, estão sempre por lá, já devem ter adquirido aquele pedaço de calçada por usucapião.

Fiquei meio impactado quando os vi pela primeira vez — a contradição entre a animação dos bares lotados e o silêncio recolhido daquelas pessoas é óbvia demais, torna dispensável qualquer discurso sobre as desigualdades brasileiras.

A visão inicial é genérica, simplista, classifica a todos de moradores de rua. Aos poucos, ao longo de alguns meses, foi possível perceber pequenos detalhes que individualizam os integrantes daquele grupo.

São como habitantes de pequenos apartamentos, como os revelados no documentário *Edifício Master*, de Eduardo Coutinho. Cada um com seu pequeno quadrado, espaços restritos que abrigam aquelas vidas. O olhar apressado, viciado no modelo tradicional de casa, vê ali apenas degradação: roupas velhas, pedaços de papelão, restos de caixotes. Mas, para quem vive por lá, esses objetos fazem parte do cotidiano, integram e personalizam suas vidas. São como nossos sofás, mesas, cadeiras, estantes, livros, TVs — cada qual com seu cada qual.

Uma das mulheres, negra, tem porte altivo, veste-se com roupas que parecem feitas sob medida para seu corpo magro. Está sempre com uma peruca de fios lisos e castanhos. Uma de suas vizinhas demonstra recato — costuma cercar sua casa com paredes de papelão que têm cerca de um metro de altura. Ontem cedo, ela, de pé, vigiava roupas íntimas que colocara para secar sobre a calçada. Como tantas e tantas donas de casa, ela aproveitava o fim de semana para colocar em dia algumas tarefas domésticas.

Discretos, cuidadosos, zelosos no uso de seus espaços, aqueles homens e mulheres dão uma espécie de lição aos que sonham vê-los longe dali, despachados para bem longe, para algum galpão recheado por centenas de camas de ferro dispostas lado a lado. A ideia do abrigo demonstra um desejo de enquadrar aquelas pessoas, de torná-las iguais, sem nome, sem passado, sem futuro. Ali, numa calçada de Botafogo, assim como em tantas outras da cidade, elas resistem. A presença delas, aos nossos olhos, deitadas ao lado dos nossos passos, reforça que ainda temos um longo caminho a percorrer em busca de um país mais justo. Ressalta também que é preciso saber respeitar os detalhes que marcam as vidas alheias, o cantinho que cada um chama de lar.

MÚSICA DE ELEVADOR

VICENTE BURZLAFF

VICENTE BURZLAFF é tradutor, intérprete e pesquisador. Formado em História pela UFRGS, mora no Rio de Janeiro desde 2012 e escreve sobre assuntos diversos que estranhamente sempre desembocam na ficção especulativa experimental.

É de conhecimento geral no mundo dos negócios a grande fusão das companhias de elevadores que ocorreu nas primeiras décadas do século XXI. O conglomerado Otis-Schindler-Thyssen-Krupp passou a monopolizar o comércio e a instalação de elevadores de maneira total. Após essa acertada decisão dos executivos da empresa, o entusiasmo que tomou conta dos *decision makers* (que chamavam a si mesmos de *Entscheidungstreffer*, com exceção de Juhász Zoltán que, orgulhoso de sua ancestralidade, referia-se a si mesmo como *döntéshozó*) os fez agir precipitadamente e instalar um sistema de reconhecimento de voz, algo inovador para a época, em todos os elevadores da linha de montagem da companhia. Não se sabe muito bem por que tomou-se essa decisão, mas os *Entscheidungstreffer* sugeriram que a Stamp.Ede, a empresa de tecnologia de reconhecimento de voz, fez muito *lobbizik* em magiar com o *döntéshozó* que acabou convencido pela retórica floreada de acentos e tremas.

Hoje, como bem sabemos, a tecnologia de reconhecimento de voz é amplamente difundida e disseminada em diversos ramos da indústria e atividades diversas, todavia, naquela época, era algo ainda muito incipiente e seu funcionamento era no mínimo precário. Esse passo em falso dado pela Otis-Schindler-Thyssen-Krupp teve um efeito inicial cataclísmico no mundo dos elevadores. Em um primeiro momento, os elevadores novos, já fabricados sem botões, se tornaram inoperantes, pois o reconhecimento de voz não reconhecia a voz de nenhum passageiro. Os moradores das grandes metrópoles com arranha-céus foram obrigados a subir dezenas de andares de escadas todos os dias e o fortalecimento das pernas e a melhora na condição física das pessoas foi evidente num primeiro momento.

Logo que tomaram ciência do problema, os *Entscheidungstreffer* (e o *döntéshozó*), da OSTKrupp — o novo nome comercial da gigante dos elevadores — perceberam que era inviável corrigir o problema nos elevadores já instalados e procuraram alternativas menos custosas junto aos engenheiros da Stamp.Ede, que estava fazendo de tudo para evitar multas contratuais. A solução encontrada foi a criação da Primeira Escola de Ascensorismo, que capacitava profissionais a verbalizarem o destino dos elevadores de modo que os sistemas de reconhecimento de voz primitivos pudessem identificá-los. Assim, os ascensoristas, profissão antiquada, havia muito tempo em desuso, voltaram a ser essenciais para o o dia-a-dia das cidades.

Quem entrasse em um elevador naquela época estranhava, no começo, os sons produzidos pelos ascensoristas ao se comunicarem com os elevadores. Se o passageiro desejasse ir ao décimo-primeiro andar, por exemplo, ele precisava comunicar ao ascensorista, que repetia o comando de modo compreensível ao elevador. Para isso, era necessário pronunciar "décimo" começando a primeira sílaba em um tom altíssimo e descendo três oitavas até a última sílaba. "Primeiro" precisava ser comunicado em um tom neutro e homogêneo a 440hz e a palavra "andar" precisava ser dita da forma mais gutural possível, como se os fonemas estivessem sendo pronunciados do fundo de uma caverna cujas paredes ecoavam os próprios gritos do mais distante dos infernos. Alguns andares (todos números primos acima de 40) só podiam ser acessados por meio de harmonias, então, para chegar até eles de elevador, era preciso de dois ou mais ascensoristas falando em conjunto. Claro que, muitas vezes, era mais prático ir de elevador até um andar acima e descer um lance de escadas até chegar ao andar desejado. Entretanto, quando se tratava do transporte de móveis ou de maquinário pesado, era indispensável a presença de dois ou três ascensoristas, que, geralmente, não cabiam no espaço exíguo que lhes sobrava no elevador juntamente com a máquina que precisava ser transportada. Assim, nos casos mais complicados, como nos famigerados andares 61 e 97 cuja dificuldade harmônica era notória, pois tinham que ser pronunciados em harmonias de 1/9 de tom, em escala não-temperada e quase nada pitagórica para que os elevadores compreendessem, dois ascensoristas eram deslocados de seus postos para os elevadores de carga e entoavam suas harmonias em conjunto com o ascensorista oficial do elevador, que, muitas vezes, tinha que saltar pela porta que estava se fechando para não ser esmagado pela pressão do maquinário contra a entrada. O andar 83, ou octagésimo terceiro, também deve ser mencionado, pois não importava a combinação de notas, sons, timbre e fonemas, ninguém conseguia fazer com que o elevador parasse nele. Era uma mácula na história do ascensorismo, um tabu. Todos sabiam, mas ninguém falava, sobre o 83º andar.

Mesmo assim, com todos os empecilhos, riscos e particularidades da profissão, além da necessidade premente de se ocuparem os cargos em elevadores no mundo todo, os ascensoristas eram muito bem remunerados e havia uma procura enorme de profissionais qualificados, o que fez com que a Primeira Escola de Ascensorismo rapidamente abrisse diversas filiais no planeta todo.

O currículo das Primeiras Escolas de Ascensorismo era bem amplo e diverso. Compreendia disciplinas isoladas de Fonética (I e II), Oratória, Teoria Harmônica Tonal, Harmonias Não-Ocidentais, Timbre, Contorcionismo, História dos Elevadores e dos Ascensores e Prática Especial de Andares Primos. Todavia, como sempre ocorre quando o conhecimento é institucionalizado, a prática do ascensorismo logo se ritualizou, e uma curiosa subserviência dos profissionais em relação aos elevadores tornou-se norma.

Era ensinado aos ascensoristas que sempre se curvassem diante do elevador ao entoarem o número do andar. A genuflexão ascensórica, como ficou conhecida, se dividia em seis graus de curvatura, sendo que os três últimos só eram utilizados para os andares primos de maior complexidade.

Por algum motivo que não está historicamente claro, a quarta geração de ascensoristas rebelou-se contra a prática genuflexória. A hipótese mais aceita é de que o currículo da escola de ascensorismo havia ficado tão extenso e tão complexo que as contradições entre a ritualística da prática ascensórica e o alto grau de conhecimento requerido dos ascensores ficou tão evidente que não havia mais como sustentar a atividade nos moldes que ela havia sido concebida. O fato é que, em algum momento, os ascensoristas do Burj Khalifa que na época não era mais o prédio mais alto do mundo, mas mesmo assim ainda mantinha sua imponência, fizeram greve e lançaram um manifesto, escrito ironicamente no estilo barroco e rebuscado típico dos ascensoristas de "douto saber" daquela geração, entremeado de textos mais objetivos com vistas a marcar a proposta da nova geração ascensorista. Abaixo, um excerto:

Manifesto

Vêde, vós, vis viúvas vitruvianas! Vós, que outrora dominastes o ribombar do cinco, o tamborilar do dois e a profunda reverberação do cem, ora sois áspides rastejantes, de ventre imundo de terra, subjugados pela altivez dos números primos em sua odienta genuflexão. Éreis briosos profissionais de labor diário, hoje sois sacerdotes liturgiásticos de Onan. A vós, o seguinte dizemos:

2. *Sois filhos do Um, da Primeira Escola de Ascensorismo, e ela renegamos.*
3. *Renegamos todo o Primeiro, o Litúrgico, o Venerável e o Institucional.*
5. *Entendemos que os Elevadores para os quais vocês se curvam vergonhosamente não são nada mais do que isto: celas de metal penduradas por cabos e necessárias ao transporte. Não as veneraremos mais.*
7. *Nossos mestres são os sons, os números e os fonemas. E, ao mesmo tempo, eles estão ao nosso serviço, em nossa prática.*
11. *A genuflexão é o símbolo de tudo aquilo que renegamos. É o símbolo da vergonha que transformou nossa profissão em seita.*

13. Não somos mais filhos do Um, somos o Zero e o Térreo, o 1S, o 2S, as infindáveis sobrelojas em todos os prédios ao redor do mundo.

17. Somos o elo místico entre o abstrato e o material. Entre o numérico e o estratosférico. Entre o ascendente e o descendente. Entre katabase e anabase. Somos as alturas e somos as profundezas.

19. Somos os números primos, por vocês indomados.

23. Somos o octagésimo terceiro andar. Oitenta e três vezes.

29. Somos sons soando, números numerando, corpos corporificando, notas notando, caixas caixando, fonemas fonando, elevadores elevando, alturas altando, baixezas baixando. Estamos seiscentos e setenta e tresando, mil e cinquenta e umando, dois mil seiscentos e noventa e novando. Decimando, para, ensimesmando, renumerando, realçar os sons às alturas.

31. Entoaremos, orgulhosos, nossas harmonias em prédios de altivez inimaginável, saltando de primos em primos com elegância. Seremos os ascensoristas do primeiro prédio de mil andares que, só porque podemos, será numerado todo em números primos. Entoaremos, quantos de nós forem precisos, de 2 a 7919 e de novo de volta ao solo.

2	3	5	7	11	13	17	19	23	29
31	37	41	43	47	53	59	61	67	71
73	79	83	89	97	101	103	107	109	113
127	131	137	139	149	151	157	163	167	173
179	181	191	193	197	199	211	223	227	229
233	239	241	251	257	263	269	271	277	281
283	293	307	311	313	317	331	337	347	349
353	359	367	373	379	383	389	397	401	409
419	421	431	433	439	443	449	457	461	463
467	479	487	491	499	503	509	521	523	541
547	557	563	569	571	577	587	593	599	601
607	613	617	619	631	641	643	647	653	659
661	673	677	683	691	701	709	719	727	733
739	743	751	757	761	769	773	787	797	809
811	821	823	827	829	839	853	857	859	863
877	881	883	887	907	911	919	929	937	941
947	953	967	971	977	983	991	997	1009	1013
1019	1021	1031	1033	1039	1049	1051	1061	1063	1069
1087	1091	1093	1097	1103	1109	1117	1123	1129	1151
1153	1163	1171	1181	1187	1193	1201	1213	1217	1223
1229	1231	1237	1249	1259	1277	1279	1283	1289	1291
1297	1301	1303	1307	1319	1321	1327	1361	1367	1373
1381	1399	1409	1423	1427	1429	1433	1439	1447	1451
1453	1459	1471	1481	1483	1487	1489	1493	1499	1511
1523	1531	1543	1549	1553	1559	1567	1571	1579	1583

1597 1601 1607 1609 1613 1619 1621 1627 1637 1657

1663 1667 1669 1693 1697 1699 1709 1721 1723 1733

1741 1747 1753 1759 1777 1783 1787 1789 1801 1811

1823 1831 1847 1861 1867 1871 1873 1877 1879 1889

1901 1907 1913 1931 1933 1949 1951 1973 1979 1987

1993 1997 1999 2003 2011 2017 2027 2029 2039 2053

2063 2069 2081 2083 2087 2089 2099 2111 2113 2129

2131 2137 2141 2143 2153 2161 2179 2203 2207 2213

2221 2237 2239 2243 2251 2267 2269 2273 2281 2287

2293 2297 2309 2311 2333 2339 2341 2347 2351 2357

2371 2377 2381 2383 2389 2393 2399 2411 2417 2423

2437 2441 2447 2459 2467 2473 2477 2503 2521 2531

2539 2543 2549 2551 2557 2579 2591 2593 2609 2617

2621 2633 2647 2657 2659 2663 2671 2677 2683 2687

2689 2693 2699 2707 2711 2713 2719 2729 2731 2741

2749 2753 2767 2777 2789 2791 2797 2801 2803 2819

2833 2837 2843 2851 2857 2861 2879 2887 2897 2903

2909 2917 2927 2939 2953 2957 2963 2969 2971 2999

3001 3011 3019 3023 3037 3041 3049 3061 3067 3079

3083 3089 3109 3119 3121 3137 3163 3167 3169 3181

3187 3191 3203 3209 3217 3221 3229 3251 3253 3257

3259 3271 3299 3301 3307 3313 3319 3323 3329 3331

3343 3347 3359 3361 3371 3373 3389 3391 3407 3413

3433 3449 3457 3461 3463 3467 3469 3491 3499 3511

3517 3527 3529 3533 3539 3541 3547 3557 3559 3571

3581 3583 3593 3607 3613 3617 3623 3631 3637 3643
3659 3671 3673 3677 3691 3697 3701 3709 3719 3727
3733 3739 3761 3767 3769 3779 3793 3797 3803 3821
3823 3833 3847 3851 3853 3863 3877 3881 3889 3907
3911 3917 3919 3923 3929 3931 3943 3947 3967 3989
4001 4003 4007 4013 4019 4021 4027 4049 4051 4057
4073 4079 4091 4093 4099 4111 4127 4129 4133 4139
4153 4157 4159 4177 4201 4211 4217 4219 4229 4231
4241 4243 4253 4259 4261 4271 4273 4283 4289 4297
4327 4337 4339 4349 4357 4363 4373 4391 4397 4409
4421 4423 4441 4447 4451 4457 4463 4481 4483 4493
4507 4513 4517 4519 4523 4547 4549 4561 4567 4583
4591 4597 4603 4621 4637 4639 4643 4649 4651 4657
4663 4673 4679 4691 4703 4721 4723 4729 4733 4751
4759 4783 4787 4789 4793 4799 4801 4813 4817 4831
4861 4871 4877 4889 4903 4909 4919 4931 4933 4937
4943 4951 4957 4967 4969 4973 4987 4993 4999 5003
5009 5011 5021 5023 5039 5051 5059 5077 5081 5087
5099 5101 5107 5113 5119 5147 5153 5167 5171 5179
5189 5197 5209 5227 5231 5233 5237 5261 5273 5279
5281 5297 5303 5309 5323 5333 5347 5351 5381 5387
5393 5399 5407 5413 5417 5419 5431 5437 5441 5443
5449 5471 5477 5479 5483 5501 5503 5507 5519 5521
5527 5531 5557 5563 5569 5573 5581 5591 5623 5639
5641 5647 5651 5653 5657 5659 5669 5683 5689 5693

5701	5711	5717	5737	5741	5743	5749	5779	5783	5791
5801	5807	5813	5821	5827	5839	5843	5849	5851	5857
5861	5867	5869	5879	5881	5897	5903	5923	5927	5939
5953	5981	5987	6007	6011	6029	6037	6043	6047	6053
6067	6073	6079	6089	6091	6101	6113	6121	6131	6133
6143	6151	6163	6173	6197	6199	6203	6211	6217	6221
6229	6247	6257	6263	6269	6271	6277	6287	6299	6301
6311	6317	6323	6329	6337	6343	6353	6359	6361	6367
6373	6379	6389	6397	6421	6427	6449	6451	6469	6473
6481	6491	6521	6529	6547	6551	6553	6563	6569	6571
6577	6581	6599	6607	6619	6637	6653	6659	6661	6673
6679	6689	6691	6701	6703	6709	6719	6733	6737	6761
6763	6779	6781	6791	6793	6803	6823	6827	6829	6833
6841	6857	6863	6869	6871	6883	6899	6907	6911	6917
6947	6949	6959	6961	6967	6971	6977	6983	6991	6997
7001	7013	7019	7027	7039	7043	7057	7069	7079	7103
7109	7121	7127	7129	7151	7159	7177	7187	7193	7207
7211	7213	7219	7229	7237	7243	7247	7253	7283	7297
7307	7309	7321	7331	7333	7349	7351	7369	7393	7411
7417	7433	7451	7457	7459	7477	7481	7487	7489	7499
7507	7517	7523	7529	7537	7541	7547	7549	7559	7561
7573	7577	7583	7589	7591	7603	7607	7621	7639	7643
7649	7669	7673	7681	7687	7691	7699	7703	7717	7723
7727	7741	7753	7757	7759	7789	7793	7817	7823	7829
7841	7853	7867	7873	7877	7879	7883	7901	7907	7919

O manifesto foi lançado após a paralisação dos serviços de elevador do Burj Khalifa por cerca de uma semana, tempo suficiente para tornearem-se as pernas de muitos dos frequentadores do edifício. Como é de conhecimento dos leitores, os Emirados Árabes Unidos haviam acabado de passar por uma revolução secular e não mais era necessário que as mulheres emirenses cobrissem seu corpo em público. Assim, subir e descer as escadarias do Burj Khalifa tornou-se a grande sensação do momento para as emirenses recém emancipadas da religião que, vaidosas, queriam mostrar as pernas malhadas. Tudo isso foi encarado com espanto no antigo ocidente, como uma prova de que as mulheres do país ainda estavam subjugadas ao patriarcado árabe, ainda que não mediante determinação religiosa.

Duas semanas depois, os ascensoristas retomaram o trabalho de uma maneira que deixou todos boquiabertos. Com o anúncio de que o serviço de ascensorismo seria reinaugurado, os passageiros fizeram filas que serpenteavam e encaracolavam-se ao redor do prédio. Quando as portas do primeiro elevador se abriram, todos se surpreenderam ao saber que ele estava vazio. Seis pessoas entraram, com a adrenalina correndo e o coração palpitando, sem saber que destino os desatinados ascensoristas lhes reservavam. Um dos passageiros fez o impensável. Havia lido o manifesto e arriscou pedir: "octagésimo terceiro, por favor."

Os demais passageiros se viraram, espantados. Como alguém tinha a ousadia de pedir exatamente o que se sabia não-dizível, não comunicável, não transmissível e não atingível para um ascensorista que nem sabiam onde se encontrava? Nesse momento, se ouviu um estampido do lado de fora do prédio. Três tiros de escopeta haviam sido disparados simultaneamente por indivíduos pendurados do lado de fora a cerca de dez metros do solo. Havia dezoito ascensoristas pendurados por cabos, cada um deles entoando simultaneamente um dos fonemas de O C T A G É S I M O T E R C E I R O em frequências quase nada discerníveis do silêncio e do grito ao mesmo tempo. As portas do elevador se fecharam e *SILÊNCIO* os passageiros chegaram, sãos e salvos ao andar de número 83.

Os ascensoristas do Burj Khalifa não mais trabalhavam no interior do prédio, mas o escalavam com agilidade e desciam em rapel, gritando, urrando, cantando, crepitando consoantes e verborragitando vogais de andar em andar para que os elevadores se movessem por dentro. Com essa ação, o ascensorismo foi alçado ao status de arte e a Nova Escola de Ascensorismo se espalhou pelo mundo suplantando a Primeira Escola em quase toda parte (menos em estados eclesiásticos, como o Vaticano, e no Brasil, onde as pessoas pareciam ter um apreço especial pela genuflexão dos funcionários). Após esse acontecimento, o ascensorismo gozou de seu apogeu por alguns anos, que se propagou por mais alguns ainda, graças ao patrocínio da misteriosa empresa Stamp.Ede à prática ascensórica devido aos seus interesses na manutenção e na disseminação da tecnologia de reconhecimento de voz.

Há duas centenas de anos, como todos sabemos, o ascensorismo passou a ser desnecessário. Hoje, qualquer um de nós, com qualquer sotaque, dialeto, língua, tom ou timbre consegue chamar um elevador com a própria voz. Desnecessário, mas não esquecido.

Para a inauguração de hoje, deste primeiro prédio de mil andares, em homenagem póstuma à coragem e ao virtuosismo da Nova Escola de Ascensorismo, faremos uma performance em forma de passeio com um grupo de pesquisadores da finada arte do ascensorismo por todos os mil andares numerados de 2 a 7919. Sugerimos que os passageiros prestem especial atenção ao chamado do andar 3449 que necessita de 3 vozes em simultâneo, vocalizadas no centro focal de uma parábola inscrita em uma elipse em cujos centros focais mais 3 vozes alternam-se recitando o mantra Gayatri.

A todos os passageiros, um excelente espetáculo!

VOZ DE VELUDO

LUIZA LEITE

Não desgrudava do radinho de pilha. Levava-o a todo lugar e vigiava o relógio a todo instante. Só se acalmava quando o programa começava e ouvia aquela voz aveludada dizer "Boa tarde, caros ouvintes..."

Estava apaixonada. Pela voz do locutor de rádio.

Sabia que era o maior clichê gostar de voz de locutor de rádio. Claro, porque só era locutor quem tinha voz bonita. Mas aquela voz era diferente. Não era só bonita. Era doce. Aveludada. Convidativa. Cativante. Suave. Parecia que sussurrava em seu ouvido. Mesmo quando gritava, xingava e se exaltava. Não, aquela voz era amigável, estava sempre feliz, rindo, e quando não era efusiva, tinha uma serenidade de fazer suspirar.

Todos reparavam em seu comportamento, o quanto ficava feliz só de ouvir o rádio. Alguns amigos tentaram desvendar o mistério: "Ah, então a Dulce gosta de futebol?..."

Não gostava. Nunca tinha assistido a uma partida inteira. Mas passou a ser indagada para qual time torcia e a ganhar ingressos para partidas de futebol. Ela só agradecia. Era bem verdade que prestava bastante atenção aos jogos, ao campeonato, mas só dos time que ele narrava, nos jogadores preferidos... Ficava feliz quando aquela voz maravilhosa gargalhava, contente, porque suas previsões tinham se concretizado. Ele era vidente, ainda por cima.

Aos fins de semana, Dulce cozinhava com o rádio ligado, imaginando que o amado elogiava sua carne assada no lugar de gols. "Que espetáculo de carne! Mas não teria alcançado o resultado se não tivesse o apoio das batatas, claro, trabalho de equipe é fundamental! E a cenoura, a maior surpresa da rodada, não foi? Agora — sem tirar o crédito do time todo — que esse molho foi a verdadeira estrela da tarde, ah isso foi! Que almoço sensacional!"

Dulce se deliciava com as narrações da voz de veludo e tinha compromisso marcado todo sábado e domingo. Mas e durante a semana, o que fazer?

Andava pra lá e pra cá com o radinho ligado, fone de ouvido, o dia inteiro esperando pra ouvir aquela voz fazer alguma aparição, vinda do paraíso, no meio do noticiário ou em algum outro programa. Era raro, mas de vez em quando a voz fazia chamadas do próprio programa ao longo da programação. Era só uma frase risonha, mas o suficiente para Dulce matar as saudades até o próximo fim de semana.

Um dia, Dulce ouviu o amado dizer algo muito intrigante: ele teria um programa na televisão também. A admiradora ficou apreensiva. Finalmente teria a chance de ver quem era o dono daquela charmosa voz que ela secretamente amava há tantos anos. Que surpresa seria! A voz tinha corpo! E um rosto!

Dulce anotou o horário do programa na televisão. Será que ele era tão belo quanto soava? Será que tinha uma cabeleira morena caindo em cachos pela testa? Ou lindos dentes brancos e perfeitos (e fortes, para apreciar a carne assada)?

Naquela semana inteira Dulce mal dormiu esperando a estreia do locutor na TV. Poucos minutos antes do programa novo ir ao ar, ela ainda não tinha decidido se assistiria ou não, se não era melhor ficar só com a bela voz e a imagem que sua imaginação quisesse produzir dela. Mantinha os olhos fechados. Mas não resistiu muito tempo e, assim que escutou a voz do locutor de rádio dando as boas vindas aos espectadores da TV, abriu os olhos de uma vez.

Havia quatro homens sentados atrás de uma comprida bancada, cada hora era um que abria a boca para falar. Quando o dono da voz se pronunciou novamente, Dulce pôde enfim ver como ele era: baixo, barrigudo, careca. Quando ria (aquela gargalhada que Dulce amava), deixava à mostra uma fileira de dentes amarelados pelo cigarro.

A mulher ficou em choque. Não conseguia escutar mais nada. Se concentrava intensamente na figura do radialista que amara por tantos anos sem nunca ter visto seu rosto.

Dulce não achou que fosse possível. Mas se viu ainda mais apaixonada por aquele homem, por aquela voz e por todo o conjunto da obra. Aquele homem tinha cara de quem apreciava uma boa carne assada. Dulce pôs-se a cozinhar.

BICHO NA GLÓRIA

• • • • • • • • • • • •

ALVARO COSTA E SILVA

ALVARO COSTA E SILVA é jornalista desde 1988, Alvaro Costa e Silva publicou o *Dicionário Amoroso do Rio de Janeiro*, em 2015. É Botafogo, Império Serrano, Bafo da Onça e Emilinha.

Com a morte do Paulinho Capoeira, a infância acabou. Mais velho e mais valente, andar gingado, sorriso aberto, tênis e bermuda, peito sem cordões, Paulinho levava meninas para o palacete que, do alto, antes da primeira curva, dominava a ladeira da rua Cândido Mendes, na Glória.

Eu me reunia ali com outros moleques, em conversas exploratórias. Porque havia o que ver — escadarias e muros em pó de pedra, pilares com duas esculturas de felinos, sacadas em ferro trabalhadas, janelões, salão, salas, saletas, suítes ainda perfumadas, banheiro de mármore com bidê, quarto para engomar, pátio com tanque para lavar, despensa com garrafas vazias de champanhe e de licor, terraço para soltar pipa e jogar bola ou búrica, camisinhas feitas com intestinos de peixe ou carneiro — e imaginar no casarão que abrigara, nos tempos da ditadura Vargas, o Castelinho da Lili, lupanar memorioso.

O assassinato de Paulinho Capoeira com quatro tiros no Aterro do Flamengo — e tudo por causa de uma cadelinha husky! — interrompeu a brincadeira. Tínhamos de descer a ladeira, largar a fantasia, entrar na adolescência. Adeus, rolimã.

Estávamos nos anos 1970, e a ditadura era outra. Quase na esquina com a rua da Glória ficava o ponto do bicho. Lá imperava o Pinguim, o qual, mesmo com aqueles sapatões alvinegros, equilibrava-se com dificuldade, mal parando em pé. Uma ginga estranha, pós-malandro. Em tardes de terça, bebia uma Caracu e dois ovos, tudo batido no liquidificador. Era o gerente maior da banca. Havia os menores, que recebiam o dinheiro e carimbavam ou rubricavam as pules. No fim, a grana apurada ia para as mãos do Pinguim. Parecia, mas ele não andava armado. Pouco falava, e o que falava era mistério. Certa vez irrompeu no Reis — o botequim em frente, do outro lado da rua — quase gritando: "Agora é Beija-Flor!".

Aprender a jogar no bicho era uma etapa do processo. Saber — decorar — a que bichos correspondiam os números. Dezenas finais 01, 02, 03, 04, avestruz; 17, 18, 19, 20, cachorro; 53, 54, 55, 56, gato; 93, 94, 95, 96, veado. Eu confundia um pouco carneiro e camelo, touro e tigre, mas, com o tempo, estavam na ponta da língua, como estão até hoje. Depois as modalidades de apostas e quanto elas pagavam para cada tostão investido: no grupo, nas dezenas (ou combinação de duas ou três dezenas), nas centenas, no famoso milhar (de preferência, no milhar na cabeça, no duro, que paga mais e dá chance de quebrar a mobília, virar marquês, morar num grande hotel, comprar um avião azul). Cercar pelos cinco ou sete lados é garantir a aposta em todos os prêmios sorteados, sejam nas loterias governamentais ou na mais suspeita mão no saco. Inverter é permutar os algarismos — e, mesmo assim, "seu" Muniz, o velho porteiro do edifício Rony, insistia em jogar a centena 333 invertida. (Para registro: nunca aprendi — quer dizer, aprendi mas não entendi a explicação — como se obtém o "grupo salteado", são contas complicadas.) No geral é fácil, mas não se aprende de um dia para outro. Há de criar intimidade antes de tentar a sorte. Porque, como afirma o escritor Alberto Mussa, "um bicho, e qualquer número que lhe corresponda, é um ponto fulcral, nevrálgico, da cadeia universal dos acontecimentos".

Pouco importava a história oficial da coisa. Que o Barão de Drummond era afeiçoado aos bichos e fez um zoológico. Que, sem dinheiro, foi socorrido pelo mexicano Manuel Zevada propondo-lhe a ideia da exploração do jogo, em 1892. Que um filósofo de método confuso escreveu pouco depois que a bicharada havia se convertido em instituição nacional permanente, sob a guarda das autoridades civis e militares. Que, na minha época, mal sabíamos da estreita ligação dos capos da contravenção com a ditadura militar, cujas ações não só protegeram como também permitiram e estimularam o crime organizado. Que a situação saiu do controle com as disputas familiares e sanguinárias pelo poder, as guerras pelos territórios, a transição para a modernidade, quando o jogo anotado à mão perdeu a preferência para as máquinas caça-níqueis. Que alguém possa estranhar que no Rio ainda haja bicheiros, e que estes comandem a Liga Independente das Escolas de Samba. Que a jogatina continue poderosa, e tão visível que ninguém mais repara por corriqueiro — em cada esquina tem um ponto, faz parte da paisagem. Que, neles, você encontre hoje uma mocinha segurando uma maquineta, semelhante às de pagamento com cartão de crédito: o bicho eletrônico possui software, sistema operacional, chips e rede de intranet, dizem que ficou quase impossível acertar um duque de dezena. Que o escrito não vale mais: vale o impresso.

O que me atraía era aquela banca da rua Cândido Mendes. A festa do passado que ela representava. Gerentes e apontadores pareciam saídos das páginas do romance *Marafa*, de Marques Rebelo: bigodinho, costeletas, cordão de ouro, camisa de seda, calça branca vincada, sapatos bicolores. E que caligrafias! Simples números eram desenhados com ornatos, volutas, arabescos.

Essa grande arte caligráfica me ajudou a ganhar a primeira e única milhar — 7.200, vaca. O palpite veio de um sonho nebuloso como todos, do qual eu só me lembrava da parte do Roberto Carlos cantando no Canecão. Com a grana no bolso, já podia me considerar um garoto da Glória cheio de picardia.

ELA

TEREZA TELES

TEREZA TELES, nascida no Rio de Janeiro, formada em Letras pela Universidade Federal Fluminense, poeta e professora de Literatura Brasileira das redes pública e privada de Niterói. Publicou os livros de poesia *Ardil e Água Ardente*, ambos editados pela própria autora. Mais recentemente manteve o blog de poesia Caixa de Guardados.

Oito da manhã. Encostada na cama, ainda de camisola, ela olhava. A barriga proeminente do homem se movimentava num ritmo próprio, o ronco fazia um longo silvo, a barba por fazer disfarçava um pouco o queixo duplo, uma baba fina umedecia a fronha. O pênis flácido jazia inerte. Morto. Mortos os sonhos. Alguém mentira para ela. Acreditou nas novelas, nos filmes da sessão da tarde. Tudo mentira. Estava cansada, envelhecida. Destilava ódio e ressentimento. Examinou detalhadamente o orifício da orelha peluda. O bico do bule caberia perfeitamente. Levantou-se da cama quase alegre, por um instante a menina que fora um dia. Encheu a chaleira, acendeu o fogo. Esperou.

AMOR

ZÉ CONCEIÇÃO

ZÉ CONCEIÇÃO é professor de História da rede municipal da cidade do Rio de Janeiro.

Levantou rápido demais e por isso ficou tonto. Encostou as costas no armário, respirou e se sentiu firme novamente. Porra, são cinquenta e seis anos. Era preciso retomar os exercícios. Olhou para a mulher deitada, seminua, como sempre dormia. A pele dourada contrastando com as partes que o sol não toca. Seus lábios entreabertos. Os peitos ainda firmes. Pensou em tirar sua calcinha. Sentiu sua respiração em um compasso mais intenso que o normal. Ainda desejava aquele corpo. Vinte e seis anos de casado. Desceu o short e segurou o pau. Começou apertando-o levemente, esticando e trazendo de volta ao normal. Não percebeu quando já realizava com a mão um movimento ritmado, lento, mas, que ganharia intensidade. Pensou em tocá-la. Os peitos. O dourado contrastando com o branco. O movimento realizado pela mão seguia o mesmo ritmo da respiração. Fechou os olhos e gozou. Não viu quando o sêmen misturou-se ao sangue vivo que brotava do rasgo que dilacerara o pescoço dela.

ANTÔNIO

PEDRO RIOS

PEDRO RIOS é ativista político, jornalista e escritor — formado pela vida. Mora em Itacaré/ Bahia.

O ar entra e sai violentamente do corpo de Antônio. Uma tremedeira sai de seu estômago rumo a pernas e braços como um formigueiro rebelado. O coração agitado percebe que enquanto tudo do lado de dentro dispara, tudo do lado de fora fica mais lento e distante. Antônio está sozinho em casa. Tudo está apagado. O ar entra e sai cada vez mais rápido. O tempo é curto. Curto e para nada. O tempo nunca passa. Antônio liga a televisão para lhe fazer companhia. Não entende nada. Muito esforço para tentar reconhecer as palavras. Ele não sabe o que fazer. Ele sabe que não pode fazer nada. O volume parece alto. Mas Antônio vira a cabeça, pensa em outra coisa, e o som vai ficando abafado. Puxa o ar com mais força e sacode a mão no ar, como se fosse segurá-lo, como se o ar fosse uma bengala. Deita. Não desmaia. Apaga.

Se tivesse acordado em silêncio, teria sentido gelar sua alma. Como se estivesse morto até outro sonho começar, alguma outra história. Mas acordou com a televisão ligada. Antônio não se matou na noite passada porque a falta de uma razão para viver e a falta de uma razão para morrer estão diretamente relacionadas. Muita coisa passou pela sua cabeça, e se a vida Antônio arrasta por hábito, um cadáver, pelo menos, precisa de um propósito. Antônio sente-se pronto para atirar-se na frente dos tanques, quando esses vierem. Daí concluiu que ainda é necessário, talvez até divertido, esperar maiores desenvolvimentos antes de virar um cadáver. A crise política, a recessão econômica, os ataques de pânico... Antônio quase não suporta a solidão. Na primeira vez que amou, amava todos os dias, e foi correspondido. Na segunda vez que amou, em raras ocasiões sentia seu espírito quebrado, e amava quase todos os dias. Na penúltima vez que amou, em raras ocasiões amava, e sentiu em poucos dias que a vida lhe enchia os momentos. Foi amante de uma mulher casada. Na última vez que amou, sentiu-se sozinho como o diabo, e humilhado. Talvez fosse o tempo. Talvez fosse o meio. Talvez fosse a idade. Mas parecia que um rastro de violência que não lhe pertencia havia destruído a sua chance de felicidade. Na grande cidade em que nascera não parecia mais haver a límpida alegria do convívio. Talvez fosse o tempo, a transição. Talvez fosse só a crise, a recessão. Talvez fosse a idade. Talvez só burrice e maldade.

Paulinho da Viola cantava "Quando o jeito é se virar/ Cada um cuida de si/ Irmão desconhece irmão." Antônio fala cada vez menos com as pessoas. E seu cachorro morreu atropelado. Todo mundo anda nas ruas da grande cidade com a cara fechada. A vida não é justa, e com isso Antônio mal se importa. A vida é "inevitável e fortuita", como diz Proust. Mas a incomunicabilidade, a solidão, o silêncio... Isso tudo Antônio quase não suporta. Talvez Antônio se mate sem um propósito. Talvez escreva só uma carta. Talvez esqueça os tanques. Antônio está sozinho em uma pequena casa, providenciada por amigos, na zona rural da baixada fluminense. De vez em quando um vizinho aparece, mas há quatro meses Antônio não sai de casa.

O presidente Trump fala na televisão. Parece o fim do mundo. A península da Coreia não existe mais. O Japão não existe mais. Washington e Nova York não existem mais. Milhões de mortos em poucos dias. A economia global não existe mais. Os mercados pararam como se alguém tivesse tacado um pedaço de ferro no motor do sistema. Tudo está suspenso. Em breve não existirá mais presidente Trump. Nem presidente. Nem nada. Primeiro se acabam as coisas, e depois as palavras e ideias que representavam essas coisas. A nossa percepção sempre está atrasada em relação aos fatos. É impossível ser diferente. Nós vivemos o passado recente. Nossa biologia nos limita a isso. Muita coisa vai se acabar nos próximos dias. Antônio pensa com tristeza na mulher amada. Não teme pelo futuro. Mas é como passar um ano novo solitário.

Antônio dorme. Antônio mexe no jardim. Antônio espera. Os chineses ameaçam uma guerra nuclear se não... Donald Trump não é mais presidente. Chineses dizem que vão cobrar os títulos da dívida norte americana. Não há de quem cobrar. Dinheiro não vale mais nada. Banqueiros e bilionários choram na televisão, pedindo perdão, oferecendo a carne. São inúteis. Corporações começam a suicidar-se. Milhões de chineses se rebelaram dizendo que não seriam mais a fábrica do mundo, baseando todo o sistema de produção global em uma quantidade massiva de trabalho escravo. Não existe vontade de resistir no governo chinês. Não existe vontade de resistir em nenhum lugar. Não existe mais inimigo para a grande guerra. A questão é se a gente acaba com o planeta, ou vive de outra maneira. "E para quê acabar com o planeta?", berravam os muitos de baixo. "Para quê viver de outra maneira?", choravam e se abandonavam os poucos de cima.

Antônio sai de casa pela primeira vez em meses. Tudo está diferente. Na cidade grande tudo está devastado. Na sua pequena cidade da baixada tudo está calmo. Seus vizinhos pararam de abastecer a CEASA. Aquele lugar que outrora parecia quase miserável tirou sorte melhor de seu abandono quando tudo acabou na grande cidade. O estado já era mínimo ali, e agora desapareceram os militares. Ninguém via riqueza naquela área. Mas a riqueza ali estava, com o trabalho e meios de produção funcionando para aquela comunidade. E como se o tempo ali tivesse saltado, naquela pequena área rural da baixada não houve saques, nem brigas. As pessoas comiam abóbora, mandioca, farinha de milho, galinha, ovo, hortaliças etc. Essa era sua riqueza: não precisar do mercado. Os trabalhadores que antes estavam presos à grande cidade agora comiam e faziam trabalhos comunitários, e bebiam cerveja até a hora que a cerveja acabasse. Dinheiro não valia nada, os pequenos comerciantes trocaram seus produtos por comida. Mais gente começou a plantar. E as pessoas começaram a pesquisar na internet como se fazer cerveja. Isso quando a luz chegava. Nesses dias a luz mais faltava do que chegava. Em poucos meses aprenderam a fazer biodigestores, usavam o sistema de saneamento da cidade para abastecê-los e, com o gás, abasteciam geradores. Daí nunca mais faltou energia elétrica. A internet nunca parou de funcionar. As pessoas parecem genuinamente felizes ali. Menos Antônio, que pensa na cidade grande devastada, no amor perdido, nos milhões de mortos da não-guerra. Os milhões de mortos dos vapores da guerra termonuclear, que cortaram a nossa carne e nos fizeram parar. Antônio pensa no Japão embaixo do mar, com sua potência atômica envenenando rapidamente o planeta enquanto sangra radioatividade, submerso.

A televisão também continua funcionando, mas a programação é imprevisível, tempestuosa. Não existe mais uma cadeia de comando. As pessoas dizem coisas que pareciam por décadas entaladas. Quem rapidamente articulou e entendeu a mudança, rapidamente foi abraçado pela população revoltada e ansiosa por expressões de consenso popular. Quem resistiu e defendeu velhos modelos foi banido. Algumas vezes de forma violenta e impertinente.

Alguns cientistas, alguns militares e alguns militantes norte-americanos, liderados pelo astrofísico Neil De

Grasse Tyson, sequestraram o arsenal nuclear e a maior parte da infraestrutura tecnológica dos Estados Unidos. Não existe mais governo no norte da América. Todos os governos restantes caem como em um castelo de cartas. A existência humana no planeta se torna uma corrida de cooperação pela sobrevivência.

O ex-presidente da Bolívia fala em uma retransmissão da Telesur. Quem o entrevista é Abby Martin, jornalista do programa *Os arquivos do império*, ex-ativista do movimento Occupy Oakland e ex-apresentadora do Canal RT America. Agora ela trabalhava na Telesur. Ele parecia feliz. Tinha sido o primeiro presidente boliviano a parecer um boliviano. Era um nativo americano.

"O professor Noam Chomsky diz que se fossem aplicadas as leis de Nuremberg, todos os presidentes norte-americanos pós-segunda guerra seriam enforcados. No caso da Bolívia, essa comparação ainda é mais pertinente. Klaus Barbie, o açougueiro de Lyon, agente nazista responsável pela deportação de 834 pessoas, pelo menos 300 crianças francesas de origem judaica, foi contratado pela CIA em 1947. Fugiu da Europa no mesmo ano. Ano em que foi condenado à morte pelos seus crimes em um julgamento feito à revelia na França. A CIA instalou-o entre os militares bolivianos. No início dos anos 1960, o presidente Kennedy mudou a orientação das forças armadas latino-americanas de proteção do hemisfério para a doutrina da segurança nacional, ou controle interno. Em 1964, o Brasil inaugurou uma série de golpes de estado no continente. Uma operação intercontinental chamada 'operação condor' reunia esses militares, paramilitares e grupos de extermínio, todos orientados pelo departamento de estado norte-americano para sequestrar, prender, torturar e executar todas as forças de esquerda do continente. Brasil, Uruguai, Argentina, Chile, todos foram afetados. Em 1971, mesmo ano em que o governo boliviano do presidente eleito Juan Jose Torres Gonzales foi derrubado, Klaus Barbie foi reconhecido. Continuou trabalhando na repressão boliviana, importando técnicas de terrorismo nazista em nome da CIA, até 1987, quando finalmente entre diversas crises de presidentes-fantoche que não duravam sequer um ano, Klaus Barbie foi extraditado para a França. Quarenta e dois anos depois do fim da segunda guerra mundial. Quarenta anos depois de ser contratado pela CIA. Um dos presidentes mais violentos para quem Klaus Barbie trabalhou, Luiz Garcia Meza, ficou famoso pela violência e por sua relação aberta com os cartéis de cocaína. Dizem que foi a primeira vez que um cartel do narcotráfico havia tomado o poder constitucional do país. Não é verdade. Não existia crime organizado sem a presença do estado. Sempre houve 'ministérios' secretos, de lavagem de dinheiro, tráfico de drogas, armas, e até pessoas. Se Pablo Escobar usasse o Citybank ou o HSBC, em vez de enterrar seu dinheiro, teria sido presidente da Colômbia. A DEA era uma das principais forças do narcotráfico no mundo. Por isso eu havia expulsado a DEA da Bolívia."

Tudo isso dizia Evo. Parecia mentira. Parecia que qualquer coisa a mais aconteceria. Parecia que éramos crianças e estávamos finalmente sozinhos, com brinquedos infinitos, em um parque gigante. Antônio sonhava com amor, com a mulher que o deixou, com uma viagem de barco para a África. Antônio sonhava sozinho e tremia. Ao seu redor tudo parecia tranquilo. O povo esperava e vivia. Já tinha passado algum tempo. Ninguém mais disputava nada. Ninguém perdia tempo com violência. O planeta morria rápido. Mas em todos os cantos habitáveis, inúmeras soluções surgiam. Engenharia genética. Mártires ambientais. Mutirões gigantescos, algumas vezes suicidas. Algumas pessoas deixavam o planeta. Todos circulavam livremente e nos lugares habitáveis havia de tudo. A Bolívia era um desses lugares. Embora não fosse mais a Bolívia. Evo continuava.

"Eu estou feliz com o novo estado de coisas. Uma catástrofe era inevitável. Eu sinto muito pelas vítimas do século XX. Pelas vítimas do imperialismo norte-americano, e de seu colapso. Agora pelo menos as coisas parecem fazer algum sentido. Acabou toda aquela insanidade. Nós não precisamos mais produzir lixo e coisas que quebram. Nosso consumo melhorou muito. Mesmo que o planeta morra nos próximos anos, eu posso viver uma vida com significado pleno, de modo comunal, com o meu local de origem, com o resto do mundo. 'Torne a América inteligente de novo' foi o que disse o professor De Grasse Tyson. Nós temos mais chance de usarmos nossa inteligência sem a insanidade de Wall Street, e sem o exército invisível do capitalismo. Sem a gestapo do fascismo norte-americano. Sem a CIA e o departamento de estado norte-americano. Sem estados. Os estados assassinaram os povos originários da América. Se o mundo acabar agora, pelo menos nós tivemos uma chance. E esse momento, em que vivemos todas as possibilidades, sem a loucura dos governos e dos bancos, é eterno."

Antônio queria morrer. Antônio queria viver. Antônio não sabia para onde ir. Seu mundo já não existia. As pessoas de sua antiga vida já não mais estavam ali, se espalharam pelo planeta. Sua nova vida era sua única vida. Essa vizinhança quase desconhecida; o antigo Antônio também já não existia. Antônio cultivava, observava, comia e dormia. As coisas pareciam prosperar. Em silêncio. As pessoas lhe cumprimentavam na rua e tudo soava abafado. Antônio sorria, e entrava. Sorria, e atravessava a rua. Sorria, e sumia. Antônio queria as pessoas que conhecia.

Um dia, muitos anos mais tarde, Antônio acordou em uma nave. Antônio se lembrava de quase tudo. De milhares de anos. Mas algumas lembranças eram certamente inventadas. Lembranças saltavam pelo tempo e pelo espaço negando uma ordem viável. Lembrava das operações. Lembrava dos treinamentos. Das viagens. Lembrava de várias mortes. Lembrava dos sonhos. Era outro bicho. Não sabia se seu corpo havia morrido e a sua consciência se fundido com todos os átomos, se teletransportado por esses milhares de anos, para outras linguagens. Sua ciência ficou inexprimível nas nossas palavras. Não se preocupava mais com a morte. Talvez nunca tenha mesmo morrido. Talvez a sua espécie tenha tomado as rédeas da evolução antes que ele partisse do planeta. Estranhamente, Antônio quase não se lembra da partida. Completamente sozinho, na nave, imortal, com quase nada em comum com o Antônio de nossos dias, explorando o espaço, Antônio se lembra do cachorro morto e do amor perdido. Sofre um pouco. E, dentro de si, chama a isso de humanidade.

PARA TODOS OS MEUS AMIGOS, VIVOS E MORTOS, QUE VIRAM O MAR PELA JANELA

TAYANA LOUREIRO

TAYANA LOUREIRO é artista, poeta e pintora de rodapé.

Ele via o mar pelas janelas, sentia o movimento ondulante da água e ficava vez ou outra mareado.

Todas as manhãs, depois do café da manhã, eu sentava no sofá da sala de convivência e esperava ele sair do quarto. Ele nunca tomava café da manhã conosco. Abria a porta do quarto, sentava ao meu lado no sofá e sorria, um sorriso curto, miúdo, tal qual era a sua pequeneza de menino-quase-homem, o rosto ainda amassado de quem havia demorado para dormir e por consequência demorado a acordar.

Aproximar-se dele era quase como se aproximar de um gato, devagar e honestamente eu ia me achegando, curiosa por aquela juventude estranha de quem não quer muito papo e está quase sempre de ressaca. Ele sempre queria saber em que lugar estávamos, quando iríamos aportar e se eu sabia o nome do comandante do dia. Das poucas vezes que o vi rindo de fato, o tema era sempre o mesmo, o uniforme esquisito da tripulação.

Reynaldo, meu amigo, vez ou outra chorava olhando para ele. Reynaldo era homem-pai e reconhecia no rosto de Marcos o filho que agora vivia distante dos olhos dele, ou outro que nascerá sem o seu reconhecimento e que existe nele de um jeito desconhecido e profundamente doloroso.

Eu não via o mar pelas janelas. As águas que escorriam do meu rosto logo que cheguei, pouco a pouco se tornaram ouvidos e vontade de abraço, braços longos que submergiam dos fundos mais sensíveis e salgados de mim. Eu me secava no tecido das histórias dos meus colegas de andar.

A Ana, que carregava o fim do meu nome no dela, trouxe para a sua cabine uma porção de gente junto; Carlos, o professor de Direito, Luiza, a pianista e Leo, um garoto que entendia de astros. Ana queria encontrar um amor, viajava em busca do tal que seria capaz de amar as multidões que residem em uma mesma mulher. Ela tinha talento para arte, fazia objetos-obras enigmáticos e escolhia qual de nós poderia vê-los fora do embrulho. Na verdade, eu fui a única (posso me gabar) que recebeu autorização para olhar. No embrulho da obra que abri havia os seguintes dizeres: "Só é permitida a abertura pelas mãos de quem tem o coração puro", nunca achei que tivesse tal coração, mas Ana me garantiu que sim, e naquele dia chorei um choro diferente daquele que me levara a arrumar as malas e estar ali.

Voltando da área de lazer com o Reynaldo, encontramos Marcos em cima dos móveis. Desesperado, ele gritava para que eu e Reynaldo subíssemos também, a tripulação era má e estávamos sendo conduzidos para algum lugar muito ruim, ele afirmava. Enquanto Marcos berrava, os tripulantes pegaram-no com força e aplicaram nele uma injeção que o fez amolecer em segundos. Ele nos olhou de um jeito fundo, mais fundo que qualquer oceano, e perguntou com o resto de força que tinha — Até quando não existimos? — e foi levado para o seu quarto.

Eu decidi então que no dia seguinte, quando Marcos acordasse com a sua ressaca e juventude, eu iria lhe devolver toda a sua honestidade e contrariar seus pais, contando finalmente para ele aonde estávamos e para onde pretendiam nos levar — embora eu desconfiasse que Marcos já soubesse.

Me sentei no sofá, Reynaldo me deixou sozinha, não queria estar lá quando ele descobrisse a verdade. Meu coração estava acelerado, meu corpo todo tremia, mas eu estava decidida.

Ele saiu do seu quarto, sentou no sofá e perguntou o meu nome: "Tayana" eu disse, ele riu e respondeu na hora: "Que nome esquisito, né?" Concordei, era esquisito mesmo ter o meu nome e ser esse, que nem fui eu que escolhi, e é mesmo muito esquisito eu ter mudado de cara várias vezes e continuar a vestir o mesmo nome. Tayana, essa roupa velha, herança da menina bronzeada e do surf que um dia existiu.

Dessa vez fui eu que perguntei onde estávamos e ele disse que acreditava estar em algum lugar próximo a Campos dos Goytacazes, o que não deixava de ser, de certa maneira. — Estamos em Botafogo —, eu disse, e ele quis saber se era na praia. Após um longo suspiro, respondi — Não, estamos em um hospital.

Ele ficou nervoso por alguns segundos, olhou para o meu antebraço direito, enfaixado, e eu, ao notar seu olhar, tirei os esparadrapos e desenfaixei, deixando-o nu, à vista pela primeira vez as minhas marcas ainda não cicatrizadas.

— Você tentou se matar, Thais?

— Não, eu só quis me machucar... Eu tava triste.

— E eu? Eu estou com alguma doença grave? Por que meu pai não vem me ver?

— Ele vem todos os dias.

— Eu estou com Alzheimer? Por isso eu não lembro de nada?

— Não, você está sem memória por causa dos remédios.

— Remédios para quê?

— Você teve um surto psicótico.

— Ai meu Deus, agora lascou, eu fiquei doido, foi? Agora lascou, preciso avisar a minha namorada. Não, não posso avisar a ela. Isso aqui é um hospício? Tá todo mundo doido?

— Acho que sim, acho que tá todo mundo doido.

— E agora Taína, agora que eu tô doido, eu era o capitão da plataforma, o que eu vou ser agora?

— Acho que de agora em diante, agora que estamos loucos, eu, você e todo mundo, agora, acho que podemos ser qualquer coisa, Marcos.

— Ai meu Deus, o que eu vou ser agora? Como é mesmo seu nome?

Marcos podia ver mar pela janela onde eu só conseguia ver grades, Marcos me conseguia ver Taína, Thaís, menina, moça, Talita e até conseguia esquecer meu nome, mesmo se eu o dissesse de cinco em cinco minutos. Marcos sentia o movimento da terra que meus labirintos desatentos não percebiam. Marcos podia ser qualquer coisa, mas ele só queria ser Marcos.

Eu me autointernei em um hospital psiquiátrico na cidade do Rio de Janeiro em dezembro de 2012, onde passei uma semana, inclusive o Natal. Deixei o hospital no último dia do ano. Deixei, em 2012 também, um monte de outras coisas.

Para ser aceito em um hospital psiquiátrico, você precisa ser revistado, ficar pelado e de quatro para que a enfermeira cheque se você não está carregando nada em nenhuma parte do seu corpo. Você não pode usar cadarço, nem celular, nem laço, nem faca, nem drogas, nem sonhos. Em um hospital psiquiátrico você fica preso, como fica preso o presidiário, e você é tratado como uma criança bem boba e incapaz de entender. Em um hospital psiquiátrico você não pode se apaixonar, nem abraçar o amigo que chora, nem discutir o seu diagnóstico com a vossa autoridade, o psiquiatra. Em um hospital psiquiátrico você está louco e só está louco, mas não está só.

A MENINA QUE ROUBAVA CHARUTOS

DIOGO CUNHA

DIOGO CUNHA é pesquisador de conteúdo e iconográfico. Também é um seminovo autor de uma dezena de livros sobre música brasileira. É torcedor do Boêmios de Irajá, do Galo de Ouro da Leopoldina e de Emilinha Borba.

Na primeira oportunidade que Ela teve, atravessou (fora da faixa), o vai e vem da Primeiro de Março. Em poucos e lentos passos andava na contramão da mesma via, mas nessa altura já com outro CEP. Avante! Ela? Era pequena, falsa magra, de parar o comércio (e pelo visto o trânsito também). Ainda estamos na Primeiro de Março. E Ela vê, através do seu Ray-Ban de última geração, uma banca de jornais. Uma banca, sem jornaleiro, que faz esquina no antirreflexo com o Becco dos Barbeiros. Caminho curioso e estreito onde liga a Primeiro de Março à rua do Carmo. Caminho tão estreito que muitas vezes fica entupido de gente, que por falta absoluta do que fazer, engarrafa a via. Do lado esquerdo do Becco, Ela vê (agora sem o Ray-Ban), sentado numa cadeira universitária de prancheta fixa do lado direito, um corretor zoólogo. Esse, por ser canhoto, está montado de esguelha no tamborete. O pobre diabo já está a mais tempo nessa cadeira universitária do que nos bancos escolares, paciência! "Deu borboleta na cabeça!", grita um fulano que sem perder o rebolado emenda: "Sonhar com anjo é borboleta \ Sem contemplação \ Sonhar com rei dá leão \ Mas nesta festa de real valor, não erre não \ O palpite certo é Beija-Florrrr...

O trono do nosso corretor, vejam vocês, mora de segunda a sexta-feira embaixo de uma porta encostada na lateral da Igreja da Ordem Terceira do Carmo. A igreja faz vezes de guarda-costas do cabra. Mas cá pra nós, o corretor não compõe bem com o cenário. Pois bate cartão sentado embaixo de uma porta primorosa. Um trabalho de Mestre Valentim feito em pedra de lioz, destacando o medalhão de Nossa Senhora.

Com Nossa Senhora de butuca, Ela fala um segredo do lado onde o corretor sabe escrever — lado onde o corretor sabe escrever —, mal e porcamente. Esse que continua comendo lista na esquina do pecado, mas sem tirar os olhos do talão, aponta uma loja do outro lado de onde eles estão. "É tudo no mesmo corredor", pensa. Era! Na entrada da casa apontada, Ela dá de cara com uma porta *bang bang*, estilo velho oeste. Assim abre a porta com uma onomatopeia: Nheccccc!!! Ela percebe que o espaço é um ovo labiríntico e que está um forno. Mas a primeira coisa que chama a sua atenção é uma fotografia enfumaçada (de tamanho natural) de Fidel Castro (com uma garrafa de Havana Club na mão e um Cochiba na boca). Também passam pela vista, copos em forma de taças, canecas e baldes. Ela perde o olhar num copo escrito *Hocus Pocus* em formato de tubo de ensaio.

De revesguete avista uma chopeira grudada na parede. E dela saem belas torneiras com bicos de bronze e cabos de madrepérola em formato de caveira, melancia, tubarão-martelo e peixe-espada. Rótulos de cervejas com figuras de monges tibetanos, padres da Baviera, animais em extinção, Tupinambás e mulheres seminuas também desenham o ambiente. E as garrafas na prateleira — ali paradinhas — e cheias de pose: Ipa(s), Apa(s), Upa(s)e Opa(s). Mas onde os olhos dela estão com a cabeça? Aperta bem os já pequenos olhos e lê uma placa com letras garrafais de LEDs de árvore natal: CHARUTOS. São caixas e mais caixas de Cuaba, Cohiba, Bolívar, Rey del Mundo, Caravelas. Ao seu lado, um homem escolhe a cor da capa que prefere, clara ou escura? Outro coloca um charuto suavemente entre os dedos. Percebe que ele está muito úmido e naturalmente coloca-o debaixo do nariz para cheirá-lo. Esse faz um comentário digno de um Washington Rodrigues: "isso é um mata rato da porra".

No ponto mais alto da prateleira, Ela avista: "Quedê? Quedê? Aquela ali!". É uma caixa de Cuesta Rey da República Dominicana. O som de Omara Portuondo e Maria Bethânia que cortava o ambiente é interrompido pelo grito do gerente: "Cu dequê?". Novo na casa o gerente não entendia lhufas sobre charutos, cervejas e outros bichos. O atendente, com uma notável presença de espírito, subiu numa "escada magirus" (como um verdadeiro soldado do fogo) e desceu com a caixa empoeirada entre os dedos. Ele coloca a caixa com todo cuidado em um grande balcão de mármore. Ela acerta o nariz a cerca de 20 centímetros da caixa fechada e inala profundamente o tabaco. Pergunta o preço e escuta uma resposta impagável. Pelo espelho Ela olha uma banda aberta da porta *bang bang*. Por ela, Ele entra pisando em ovos. Sem pestanejar, Ela sai em desembalada carreira com a caixa debaixo do braço. "Ele nem viu!", pensou. "Ou fez de cego sei-lá-o-que!?", repensou.

Um rapaz corpulento, tamanho gigante, que usava uma camisa preta (XGG) escrita em amarelo: APOIO. Vê a cena e tenta correr atrás do prejuízo. Ele não está no melhor da sua forma. Sua barriga intransportável não o deixa ir muito logo. O APOIO dá dois passos, se muito. Ela corre na direção contrária que entrou. Usurpa o Becco dos Barbeiros sentido rua do Carmo. Na esquina com a rua da Assembleia (antiga rua da Cadeia), Ela dribla um burro sem rabo e entra em um táxi, (de número 7616 (milhar da borboleta)) que parecia esperar por Ela, uma vez que o motor estava ligado e o ar, geladíssimo. "Niterói", Ela diz ao condutor.

Mal o motorista passa a primeira marcha e avança o primeiro sinal, Ela abre a caixa. Acredita no que vê, mas não no que escuta. Na caixa uma bailarina escanifrada roda como um peão desgovernado. De dentro assobia a melodia que Ele fez (ou plagiou!?) na véspera pra Ela. A caixa quase morde o seu dedo. O taxista sintoniza e aumenta o som do rádio. Ali — pelas 17 e pouco — já estava quase na hora da oração da Ave Maria. Saravá!

TEMPOS DE CARNAVAL

LIA CALABRE

LIA CALABRE é doutora em história, professora dos PPGs Memória e Acervos — FCRB e Cultura e Territorialidades — UFF, pesquisadora aposentada da Fundação Casa de Rui Barbosa. Autora de livros e artigos sobre políticas culturais e rádio no Brasil.

É quase dezembro e os ensaios das pastorinhas de Natal é um prenúncio do carnaval. Na zona portuária não tem mais pastoreio nesses anos 1970. Mas há prenúncios do carnaval. As quadras e as sedes dos blocos da região estão sendo pintadas, os instrumentos afinados, os diretores de alas se organizam e as disputas de samba já vão começar.

São vários blocos de embalo na região, são muitos brincantes (e era assim que se chamava? Acho que não!), bem, são muitos foliões nos quatro dias de carnaval. Alguns blocos mais antigos e tradicionais têm sede e quadra, alguns mais novos tem sede e rua. É verdade! A rua é de todos. Mas, nesses tempos pré-carnavalescos, algumas viram quadras e são completamente apropriadas pelos foliões apaixonados que esquentam os tamborins esperando o carnaval chegar. Não há conflitos, ao menos aparentes, nas ruas-quadras tomadas pelos ensaios carnavalescos.

As alas são preparadas. Alas? Sim, os blocos de embalo têm alas, têm samba, têm cores fixas e fantasias. Ah! Têm também carro alegórico, rainha e princesas. Têm uns vermelhos e brancos, têm outros azuis e brancos, mas sempre com uns toques de dourado e prateado, pois sem brilho não é carnaval. Tem concurso para rainha! Com um bom padrinho e um pouco de samba no pé fica resolvida a disputa. "Tudo em prol da agremiação".

Mas... E as alas? As alas, cada uma tem o seu diretor. Fantasias! Uma mais bonita que a outra. Sempre muito leves, de cetim macio, que se movimentam ao ritmo do samba. Qual será a ala mais bonita? E a que cantou mais a música? Hei, hei! Esse não é um bloco de embalo! Qual foi a mais animada?

Mas esperem. O carnaval ainda não chegou. Onde estão os desenhos das fantasias? Quem vai fazer as fantasias? É bem verdade que existem muitas costureiras nos bairros portuários, mas tem muito trabalho pela frente! Chapéus! Ah! Um pouco de ráfia em algum detalhe dá bons efeitos de movimento. Tamancos? Sapatilhas? Sandálias? Nada que os sapateiros da região também não possam fazer. Brancos, vermelhos, azuis...

Chegou dezembro! Os ensaios vão começar! Mas, para ficar bom mesmo, tem que virar janeiro. Ensaios na sexta, ensaios no sábado e até no domingo. Muita gente pelas ruas internas dos bairros, um vai e vem constante nas pequenas e grandes ruas que se situam entre o cais, a estrada de ferro, o canal do mangue e a antiga Avenida Central.

No burburinho se escuta: Eu gosto mais desse! Pois eu daquele! Não tem samba como o do meu bloco! Vê se enxerga! Temos a melhor bateria. Mas as nossas passistas! E vai assim... No sobe e desce ladeiras, no cruzar avenidas, no se espalhar pelas praças, ruas e becos que perfazem o roteiro do carnaval da zona portuária. São alguns muito jovens, alguns só jovens e outros nada mais jovens que se misturam, que se amalgamam, formando, compondo com suas diversidades os corpos carnavalescos unos, verdadeiras nações, agremiações, ações.

É janeiro, o carnaval se aproxima! Decorar o samba. É importante decorar o samba, cantar forte. Ensaios. De música? Mas também de alas! Coreografias? Sim! Para conquistar os corações e agradar os olhos de quem assiste ao espetáculo. Samba, cerveja, ensaio, samba e cerveja. E vai seguindo janeiro.

Fantasia! Costura, aperta e borda! Alguns paetês, não muitos. Alguns fitilhos dourados, esses um pouco mais. Vai ficando bonito. Vermelho, azul, branco... Tem os estandartes! Muitos paetês e miçangas.

Fevereiro vai começar! Os ensaios se intensificam! Hora de iniciar os preparativos finais. Bateria nota dez (nove talvez)! Puxadores (ou intérpretes) afinadíssimos (ou quase). Alegorias quase prontas. Samba decorado! (?) Alegria nota mil.

E os desfiles onde serão? Na Rio Branco? Na Presidente Vargas? Pelas ruas do bairro? Vai ser uma alegria só. Descendo a ladeira, o Independentes do Morro do Pinto, subindo a ladeira, o Fala Meu Louro. Para o asfalto, o Eles que digam, circulando a praça, o Coração das Meninas. É isso, agora é só esperar o carnaval de 1974 chegar. Ainda que estejamos em julho de 2017. Mas... Isso já daria uma outra história.

OUVINTE NOTA 10

ANALÉA REGO

ANALÉA é jornalista e produtora cultural.

Começou a falar cedo. Estacionou no papai, mamãe, papá, água e cocô depois que sua mãe abandonou o jogo de repetição de palavras. pai, homem calado, nem percebeu. A mãe, dona de casa acostumada com o silêncio, não ligou. Até a idade escolar praticamente não falou falava. Sem mais nem menos, um dia recitou o poema "Meus oito anos", de Casimiro de Abreu, ouvido no rádio que a mãe raramente ligava. Ela ficou orgulhosa. O pai não disse nada e nem percebeu que, como ele, o menino sem esforço e sem querer decorava coisas que não entendia. Ele sustentava a família como porteiro de um modesto hotel. Usava as palavras com pudor. Graças à indiscrição de uma camareira, no local de trabalho tinha até fama de falar fluentemente quatro línguas. Ela o escutava falar sozinho no quartinho de porta vazada onde era guardado o material de limpeza e que também servia de vestiário para os funcionários do estabelecimento.

menino era a cara do pai. Sua maior habilidade era escutar. Sem esforço e sem querer decorava frases. Mesmo sem entendê-las, as repetia em íntimas recitações. Crescia precavido. Pressentia o poder das palavras. Para evitar concordar ou discordar, quando ficar calado não lhe era possível, usava as mesmas interjeições do pai, que viabilizavam a livre interpretação do interlocutor. Aprendeu-as também sem esforço e sem querer.

Caiu nas graças da primeira professora na primeira semana de aula ao recitar "Meus oito anos". Recitou porque achou que devia falar alguma coisa. E pela primeira vez se viu obrigado a conviver com tanta gente falando tantas palavras. Ano após ano passou sem nenhuma grande nota. Teve a sorte de não ser especialmente bulinguinado e de não entender muito bem as ofensas. Entreouvindo o falatório dos colegas de escola aprendeu que ereções deveriam ser disfarçadas. Quando suas poluções noturnas surgiram já o encontraram mais ou menos sabedor de causa e efeito. Os hormônios exacerbaram os já exagerados cuidados com a higiene pessoal. Combatia seus odores com frequentes banhos. A espuma do sabonete invariavelmente ensejava-o a ejacular.

Cresceu desprovido de curiosidade, de alegrias e muito cheiroso. Não se sabe como adquiriu interesse por futebol. Gostava mais dos programas esportivos do que dos jogos. Aos dezoito anos foi trabalhar como contínuo em uma repartição pública. Foi colega de trabalho de uma moça que se dizia ser sobrinha de um sujeito da velha guarda. Na copa da repartição, a revelação de tal parentesco na copa da repartição regularmente gerava manifestações de admiração dos presentes. O quase mudo rapaz ficava levemente intrigado com o fato de o tal tio ser merecedor de tanta deferência por ser casado com uma velha. Sem esforço e sem querer decorou o que pensava ser nomes de parentes do tio e da velha que era guarda: o grande Alvaiade[1], o grande Monarco[2],

---

1. Alvaiade (1913-1981). Carioca, cantor e compositor. Um dos fundadores da UBC — União Brasileira de Compositores. É autor reconhecido de 14 músicas, entre elas a conhecida enaltecedora do ofício de sambista "O que vier eu traço", em parceria com Zé Maria. Alvaiade foi liderança da velha guarda da Portela. Nas escolas de samba os integrantes da velha guarda representam a preservação da história da agremiação. O coletivo reúne notáveis, entre eles fundadores, compositores, passistas e ritmistas.
2. Monarco, nascido Hildemar Diniz, em 1933, é presidente de honra da Portela. Carioca, cantor e compositor de cerca de 100 músicas, inclusive "Passado de Glória" — uma belíssima homenagem às escolas de samba.

o grande Aniceto[3], o grande Manacéia, o grande Mijinha e uns outros tantos grandes também. Acreditava que, no mínimo, cada um tinha uns dois metros de altura. Também sem esforço decorou frases que incluíam "artistas consagrados" e "autores de belos versos". Um dia, em casa, repetiu as tais frases. Temendo que seu filho estivesse descambando para o mundo da orgia, seu pai energicamente aconselhou-o a se afastar do pessoal sem dinheiro que vive pelos botequins sambando. Ficou aturdido pela quantidade de palavras que nunca tinha visto seu pai proferir. Também pela reação negativa com relação às frases tão aclamadas na copa da repartição. Nesse dia teve o primeiro pesadelo de sua vida.

Depois que passou a atender o gabinete da presidência da repartição, sem querer decorou muitas expressões, como "população carente". Mudou o governo

---

3. Os irmãos Aniceto, Manacéia e Mijinha nasceram no Rio de Janeiro e integraram a ala de compositores da Portela. Aniceto José de Andrade (1912-1982) compôs poucas músicas, entre elas *Sofre por errar* — sobre o fim do amor. Manacéia José de Andrade (1921-1995), que também era instrumentista, é autor da muito conhecida *Quantas lágrimas*. Bonifácio José de Andrade (1918-1980), o Mijinha, também era cantor. São atribuídas a ele seis composições, dentre elas três parcerias com Monarco e *Chega de padecer* — sobre separação.

e ele foi demitido. No segundo emprego, era ajudante de manutenção em um enorme escritório de advogados ; no centro da cidade. Sem querer e sem esforço lá decorou expressões como "prerrogativas profissionais", "constituição" e outras em latim _ que pela originalidade aumentaram o que poderia ser chamado de sua autoestima. Ele já havia desenvolvido uma minguada vaidade. Nesse escritório aprendeu a se aventurar com uma ou outra frase elogiosa sobre o time vencedor de algum jogo do dia anterior (decorada de algum programa de debate esportivo). Nunca torceu por time algum.

Em uma comemoração de fim de ano da empresa, experimentou cerveja pela primeira vez. Calado era, calado permaneceu. A bebida fez sua alma momentaneamente se encher de curiosidade e ousadia. Tanto que depois da festa aceitou acompanhar o chefe de manutenção para uma saideira na gafieira que ficava bem pertinho do escritório[4]. Subverteu seu metódico roteiro

---

4. As duas mais famosas gafieiras cariocas funcionam ou funcionaram no Centro da cidade do Rio de Janeiro. A Gafieira Estudantina foi fundada em 1928, no Flamengo, bairro da Zona Sul do Rio, e se instalou na Praça Tiradentes em 1942. A Gafieira Elite nunca mudou de endereço. Desde 1930 orna a Praça da República.

casa-trabalho / trabalho-casa que incluía descansar em casa nos fins de semana. O 13º salário e a cerveja fizeram-no se sentir importante. A cerveja e a roupa comprada pela mãe especialmente para festa do escritório fizeram-no se sentir bonito. Não demorou na gafieira. Até porque seu ônibus suburbano rareava depois da meia noite. Deu tempo só para decorar as frases que o chefe usou para fazer umas moças sorrirem. Observou que dependendo da quantidade de cerveja algumas nem precisavam de frases para tal. Quando partiu, o chefe, que naquela noite passou a se considerar seu amigo, conversava com uma morena de coxas gordas que só parava de falar quando ele a beijava. Para seu espanto, no dia seguinte, pedindo segredo, o chefe lhe contou com detalhes os momentos de amor que a morena lhe proporcionou em um motel da vizinhança.

No dia do pagamento do salário seguinte resolveu experimentar a sedução em um bar pertinho da gafieira. Com a mesma roupa que havia estreado na festa de fim de ano do escritório, se aboletou em uma mesa com uma latinha de cerveja. Sem que se esforçasse, uma morena magrinha lhe deu bola. Ele lhe pagou uma cerveja e, mesmo sem entender nada de horóscopo, perguntou seu signo. Aprendera a dizer "que coincidência, é o meu ascendente" para estender a conversa. Antes mesmo que ele lhe dissesse que seus olhos eram lindos, ela lhe falou de momentos de amor. Levou-a ao motel e ejaculou antes mesmo de penetrá-la. Nunca tivera a oportunidade de sair duas vezes com a mesma moça. Ficava calado e elas ficavam constrangidas com seu silêncio. A morena magrinha que também era apressada lhe informou que, no seu caso, ele teria um desconto e só cobrou R$ 20. No ônibus ele contabilizou: R$ 20 com desconto + R$ 20 do quarto + R$ 12 das cervejas = R$ 52. Teve dúvida se o investimento valeu a pena. Sem saber como, quis incluir na conta uma sensação que não sabia definir. O significado da palavra frustação não constava no seu heterogêneo repertório vocabular. Na segunda-feira seguinte, além dos detalhes íntimos de encontros amorosos, o chefe também lhe relatou sua satisfação por ter arrumado uma moça mais velha que morava sozinha. O chefe até falou que estava pensando em namorar a tal só por causa dessa facilidade. Assim ele, ainda virgem, aprendeu como economizar o dinheiro do motel.

Ele se manteve fiel ao sabonete até o meio de ano — quando recebeu o adiantamento do 13º terceiro salário. Com esse pagamento ele foi à gafieira disposto a tudo. Usou frases, e ela sorriu. Pagou a cerveja, e ela sorriu. Ela falava, falava, falava e sorria. Beijou-a, e ela sorriu. Ela participava da comemoração do aniversário de uma colega de trabalho. Ele foi apresentado à aniversariante e seus convidados. Coincidentemente a moça sorridente pegou o mesmo ônibus que ele na hora de ir embora. E assim começaram a namorar. Ele passou a frequentar a casa dela, inclusive quando o viúvo pai da moça lá não estava. O pai parecia disposto a se afeiçoar ao que lhe parecia ser seu futuro genro e fazia questão de que ao quase noivo fosse servido cafezinho. Na terceira semana de namoro o pai lhe ofereceu uma cachaça e ele aceitou um dedinho, para não fazer desfeita. O quase sogro bebeu meia garrafa e desandou a falar de greve sindical em defesa dos direitos dos trabalhadores. Inspirado pelo golinho o rapaz falou umas três frases com "população carente" ouvidas quando trabalhava na repartição. O quase sogro adorou e o saudou como ele fosse um homem de esquerda. Ele não entendeu tal contentamento até porque era destro. Pensou brevemente em possíveis consequências de um mal entendido gerado por suas palavras. Com quatro palavras acabou o namoro dois meses depois, intimidado com a crescente camaradagem do quase sogro.

Ao partir, levou umas frases sobre a luta do povo pela democracia. Contabilizou a perda da namorada como lucro mesmo ela só consentindo uma das várias possiblidades que ele descobriu que existem escutando as inconfidências de seu chefe.

No mês seguinte experimentou sua sedução no acanhado clube perto de casa. Para uma loura falsificada que dizia que gostava de samba ele falou as suas frases decoradas sobre a tal velha guarda e sem querer insinuou conhecer seus grandes parentes autores de belos versos. Era baile charme e o som era tão alto que ele não escutava bem o que ela dizia, e vice-versa. No entanto, com essas palavras, entre as amigas da moça, ele ganhou a fama de ser um amante do samba de qualidade. E assim passou meses arrancando sorrisos da mulherada que se sentia envaidecida em ser quase cortejada por alguém tão fino. Nem beijava porque não havia motel nas redondezas.

A chegada do fim do ano e da segunda metade do 13º salário lhe ensejou determinação. O chefe de manutenção foi demitido e ele automaticamente foi promovido sem aumento de salário. Dessa vez não foi a mãe que lhe comprou a roupa da festa de confraternização do escritório e que, no mesmo dia, também foi exibida na gafieira. Ele mesmo escolheu o jeans e a camisa polo. Foi então que, finalmente, conheceu seu par ideal: sorridente, só calava com beijos e além do mais com apartamento nas imediações (que eliminaria o custo do motel). Durante a música alta ele lhe falou sobre a constituição e usou umas expressões em latim. Ela sorriu. Precavido, no intervalo da orquestra ficou calado. Ela sorriu mais ainda quando ele lhe respondeu que era chefe da manutenção. Nesta noite quase matou seus pais de preocupação ao não avisar que pela primeira vez na vida não iria dormir em casa.

Nesse namoro finalmente gastou as camisinhas adquiridas na época do incidente do desconto. Para lisonjear-lhe, a namorada se fazia de ciumenta. Para lhe agradar, cozinhava. Para não ficar puxando assunto com quem se manteria calado, ao cozinhar ela falava sobre temperos e aromas. Era responsável pela cozinha de um restaurante a quilo. Durante cinco anos ele experimentou todas as coisas de amor que seu ex-chefe lhe confidenciou. E umas outras tantas que lhe faltariam palavras caso um dia quisesse descrevê-las. Sem querer e sem esforço aprendeu a falar sobre temperos e aromas. Também conheceu o irmão de sua namorada que falava sobre um viaduto de R$ 18 milhões a ser construído para que as pererecas *physalaemus soaresi* se acasalassem com segurança no Arco Metropolitano[5]. Calado, admirava o quase cunhado que ele acreditava que se transformaria em doutor quando terminasse o curso de "gestação" ambiental que fazia em Três Rios. Tudo caminhava bem exceto a vontade de casar da moça. O assunto sempre o lembrava do ex-chefe de manutenção lhe dizendo que casamento é 90% sexo. Ele nunca entendera o que é por cento. Quando ela falava em casamento, recorrendo a interjeições, ele nem dizia que sim e nem que não. O relacionamento acabou quando o quase cunhado abandonou a faculdade e foi morar com a irmã. O namorado ficava muito cansado evitando conversar com o quase cunhado.

Durante os dez anos seguintes, que ficou sem namorar, o rapaz calado aprimorou seu repertório de frases de sedução e seu julgamento de público alvo. Aprendeu que futebol não fazia nenhuma moça sorrir.

---

5. Em 2016, por determinação de órgãos públicos responsáveis pela preservação ambiental, o governo do Estado do Rio de Janeiro, investiu R$ 18 milhões na construção de um viaduto para preservar o habitat natural da *physalaemus soaresi* — uma perereca com dois centímetros de comprimento. A espécie estava ameaçada de extinção com a construção do Arco Metropolitano.

Na primeira cerveja ele já sabia se deveria falar as frases de meio ambiente, as sobre as lutas dos trabalhadores, as sobre a velha guarda ou as sobre constituição com ou sem as expressões em latim. Era extraordinário como com tão poucas palavras ele adquiria a fama de defensor da natureza, de comprometido com as causas populares e outros títulos com que as moças gostavam de lhe enfeitar antes de partilhar amor.

Assim sua vida passava sem sobressaltos, com amor e muitos banhos. Um dia as coisas em casa começaram a complicar. O pai já aposentado e mudo passou a não mais querer comer. Morreu oito meses depois sem se queixar. A velha mãe caducou cuidando dele. Uma vizinha quarentona e divorciada ajudou muito sua mãe, que até então nunca tinha conversado com nenhuma vizinha. No fim da vida a viúva agraciou a solícita vizinha com uma espécie de sofreguidão oral tendo como principal tema as qualidades do único filho. A vizinha de poucos amores se apaixonou por causa das qualidades. O filho, especialista em manutenção, consertou todas as torneiras defeituoas da vizinha. Após o conserto do chuveirinho do banheiro, praticamente calada, ela se entregou ao filho da vizinha caduca. O chuveirinho deixara a divorciada e o rapaz da manutenção excitados. Essa relação só se encerrou quando o órfão, três dias após o enterro da mãe, despediu-se levando sua mudança para um minúsculo apartamento no Bairro de Fátima. Ele partiu aliviado porque sentia algo que bem poderia ser definido como vontade de fazer moças sorrirem, e também porque a vizinha falava muito "não" na hora do amor.

Bem mais maduro e seguro de si, continuava calado, modesto e cheiroso. No trabalho, era chamado para fazer manutenção na casa dos advogados. Fazia faxina, pintura, consertava torneira e coisas deste tipo. E foi numa dessa que perdeu o emprego. Requisitado para fazer, durante o Carnaval, a pintura do futuro apartamento de um dos chefões do escritório, teve o azar de enfrentar a má educação da esposa do doutor. Vestida com um shortinho curtíssimo e alcoolizada ela resolveu dar uma passadinha para fiscalizar como estavam as paredes de seu futuro lar. Para evitar o arrependimento de madame por grosserias mais grosseiras, já no início da fiscalização ele simulou um mal estar e se retirou em busca de um cafezinho na rua. Como que para compensar sua índole cordata, institivamente há muito aprendera a se esgueirar para impedir ter que ser perdoado por quem lhe ofendeu. Para seu azar, o

Simpatia é Quase Amor[6] passou bem na hora e local de sua simulação de busca ao café. Sua foto saiu no jornal como folião fantasiado de pintor. Na quarta-feira de cinzas perdeu o emprego porque estava na gandaia ao invés de trabalhar. Ele era mesmo meio lerdo na pintura.

Ganhou a fama de carnavalesco entre os vizinhos graças a uma morena que há pouco se mudara para o andar de cima do seu apartamento. Ela viu a foto do vizinho fantasiado de pintor no jornal. Ele já havia gasto com ela todas as frases sobre meio ambiente só em conversinha — será-que-hoje-chove. Ela, que já o via como um homem maduro e sábio (pelas têmporas levemente grisalhas), depois da foto passou a considerá-lo descolado e brincalhão. A moça era técnica de enfermagem. Ele, que já a achava muito bonita, quando viu a admiração que ela passou a lhe dedicar depois da foto, enfim se apaixonou. Sorriu, e ela também sorriu. Com ela foi beber cerveja no botequim no final de semana depois do Carnaval — quando no Rio ainda tem muito bloco na rua . Foi lá que um folião fez um discurso e foi

---

6. Simpatia é Quase Amor, bloco carnavalesco fundado em 1985, desfila em Ipanema, Zona Sul do Rio de Janeiro. Em vários sambas especialmente compostos para seus desfiles o nome do bairro rima com "morena".

aplaudido demoradamente e calorosamente pelos presentes, inclusive pelo já então grande amor do homem calado, cheiroso e sorridente. Sem querer e sem esforço, ele decorou o que lhe pareceu ser o mais brilhante e emocionado discurso que lhe ocuparia a memória.

Ter enfim encontrado seu grande amor tanto o distraiu que nem se preocupava com o desemprego. Ao final de um mês seu grande amor se entristeceu dizendo que precisava voltar para sua cidade natal, no interior de Goiás. Ela precisava cuidar de da madrinha idosa que acabara de quebrar o fêmur. A senhora, que nunca se casara e não tinha família, era praticamente a segunda mãe da moça. Seu grande amor lhe propôs ir com ela para o interior. Disse que juntos tomariam conta da madrinha e deixariam para trás a loucura da cidade grande. Ele morria de medo de doido e topou. E assim foram e lá chegaram. A esposa passou a trabalhar em uma clínica na cidade vizinha. Ele conseguiu um cargo burocrático na prefeitura graças ao prestígio da velha senhora que faleceu quase um ano após a sua chegada.

A capacidade de nem concordar e nem discordar abriu as portas da política local para ele. A simpatia da esposa também o ajudou. Em pouco tempo, sem nada pedir, ele foi convidado para ser o secretário municipal de cultura do prefeito recém-eleito prometendo modernidades. Virou secretário só porque sua fama era de sujeito distinto, ponderado, comprometido com as causas populares e do meio ambiente, além de requintado conhecedor do mundo do samba. Sua capacidade de valorizar as manifestações culturais era inquestionável, até porque era folião do espetacular Carnaval carioca. Já estava até acostumado com as pessoas que desejavam que ele trouxesse à cidade a tal velha guarda que ele acreditava até já ter falecido.

Na festa da posse teve coral dos estudantes. Serviram espumante — bebida que ele nunca tinha ouvido falar. Ele bebeu um pouco a mais porque espumante é docinho e fácil de beber. A escassez de salgadinhos também contribui para deixá-lo descontraído e intrépido. Sem mais nem menos passaram a exigir que ele discursasse. Ele topou. Na frente do microfone lembrou-se das palavras do aplaudidíssimo discurso do botequim e o repetiu com a voz empostada tal qual o autor do discurso o fez.

— Saúdo a maior manifestação de nossa cultura popular que para muitos se resume a impressionar jurados. Ressalto que temos aqui mais que o amor à escola. Temos empolgação. Temos é garra. É samba no pé. É com a ajuda de Deus. É campeã.. É segura, mas não agarra. É só se você quiser. É eu nunca senti isso antes. É dez. Nota dez. É três por dez. É dez em três vezes. É hoje só e amanhã não tem mais.

Nesse ponto ele pigarreou rapidamente tal qual o autor do discurso o fez.

— Para outros a nossa maior manifestação cultural é momento de altruísmo. É fazer o bem não importa a quem. É praticamente Natal. E é por isso que eu, que sempre me identifiquei com a solidariedade, tanto admiro os Escravos[7]. Eles colaboram para que os que confraternizam inebriados pela cultura momesca não se esqueçam de sua posição social no mundo do trabalho — fato que devido às circunstâncias temporariamente pode lhes parecer desimportante. O de Segunda[8] também pratica o altruísmo ao promover generosamente tantos cidadãos de quinta para cidadãos de segunda

---

7. Escravos da Mauá, bloco carnavalesco fundado em 1992, desfila na Zona Portuária do Rio de Janeiro. Pelo *Jornal do Brasil*, foi eleito o melhor do Carnaval de 2006, através de voto popular.
8. Bloco de Segunda, criado em 1987, desfila na segunda-feira de Carnaval nas ruas do bairro Botafogo — Zona Sul do Rio de Janeiro. Alguns fundadores da agremiação atribuem o nome do bloco à categoria dos seus foliões.

categoria dando-lhes posicionamento não meramente individual no *continuum* espaço social e tempo. O Simpatia tem o mérito de já ter garantido que milhares de morenas osculassem em Ipanema, beneficiadas pela instigação do hino da vez da agremiação. São estas pequenas iniciativas que verdadeiramente merecem ser valorizadas.

Depois da parte decorada ele se empolgou, pigarreou e improvisou emendando algumas outras frases de sua memória.

— Com o apoio popular e a combatividade dos trabalhadores, que se preciso certamente pegarão em armas, devemos lembrar do grande Mijinha na luta da população carente para garantir o viaduto para que as pererecas *physalaemus soaresi* possam acasalar no nosso meio ambiente. Seje (sic) *ultra petita, ab incunabulis, testis unus, testis nullus, ad retro, onus probandi, argumentum baculinum ou in continenti*. Oh! Que saudades que tenho da aurora da minha vida.

Ele se absteve de recitar integralmente "Meus oito anos" por considerar que já havia falado o suficiente. Os espetaculares aplausos que ele esperava não apareceram. Os mais alcoolizados, entre eles o prefeito, aplaudiram muito rapidamente. Perceberam logo que algo de errado tinha acontecido. As senhoras cochichavam com os semblantes indignados. Alguns poucos adolescentes riam alto. Sem entender o que acontecia, recompondo-se da inédita experiência, ele viu seu grande amor chorando ao se retirar do plenário da Câmara dos Vereadores. Ao tentar alcançar a esposa , percebeu que as pessoas ostensivamente evitavam-no.

Do gongórico discurso, uma parte significativa do público entendeu que ele tinha saudade de sua juventude, quando o seu "mijinha" — que era grande — acasalava com carentes pererecas debaixo do viaduto. As citações em latim para uns soaram como denominações de práticas sexuais, como cunilíngua — que o dono do grande "mijinha" recordara saudoso ter experimentado debaixo do viaduto com pererecas pisadas e suadas

Aos prantos seu grande amor não lhe deixou entrar em casa. Dizia-se humilhada. Precisou que ela o acusasse para entender que era ele o causador de tamanho sofrimento. No quintal, já sóbrio, apavorado, não lembrava direito o que havia falado na parte criativa do seu discurso. Quando de madrugada ela lhe entregou uma mochila com suas roupas sugerindo que saísse da cidade, ele se dirigiu ao ponto do único ônibus intermunicipal. No trajeto se convenceu de que o motivo daquilo tudo foi ter falado em armas. Sentiu-se acuado. Nem esperou o ônibus. Fugiu andando pela estrada. No dia seguinte teve o segundo pesadelo de sua vida. Sonhou ter sido preso.

O incidente (que muitos classificaram como atentado ao pudor) foi porcamente abafado pelas autoridades. Graças a uma gravação do sobrinho do prefeito feita no celular, está no YouTube com mais de 500 visualizações. O assunto só foi superado com a chegada do novo padre da cidade. Ao conhecer a sala dos ex-votos da modesta igreja ele ficou atônito com uma emoldurada oração manuscrita em agradecimento a uma benção em um mijinha anônimo. A beata que o acompanhava na visita estranhou tal reação e passou a olhá-lo com outros olhos acreditando que ele é tarado.

A ex-simpática ex-esposa do ex-secretário de cultura sempre se faz de surda e só fala o essencial. Ela já decidiu que vai vender a casa herdada da madrinha e vai voltar para a loucura do Rio de Janeiro. O ex-secretário de cultura, que já mudou de cidade cinco vezes, decidiu só trabalhar em cozinha de restaurantes. Acredita que falar sobre temperos não vai complicar sua vida. Agora ele não sorri e nem faz sorrir. Está mais cheiroso que nunca.

Edição
Adriana Maciel

Produção editorial
Marina Mendes

Projeto gráfico
Mari Taboada

Ilustração da capa
Silvana Martins Costa

Catalogação na publicação

D286 Debaixo do mesmo céu / André Diniz (Org.), Luiza Leite (Org.) - Rio de Janeiro: Numa, 2020.

216 p.; 13 × 18 cm

ISBN 978-65-87249-22-3

1. Contos brasileiros. 2. Rio de Janeiro-RJ. 3. Niterói-RJ. 4. Literatura brasileira. I. Diniz, André (Org.). II. Leite, Luiza (Org.). III. Título.

CDD 869.93

Elaborada por Bibliotecária Janaina Ramos - CRB-8/9166

Índice para catálogo sistemático

I. Contos brasileiros

Editora Numa
www.numaeditora.com
contato@numaeditora.com

Este livro foi composto em Gotham Book c.9,3/16,5,
impresso em papel Pólen bold,
pela Gráfica Eskenazi em novembro de 2020.